「超」怖い話
隠鬼《かくれおに》

渡部正和　著

※本書に登場する人物名は、様々な事情を考慮してすべて仮名にしてあります。また、作中に登場する体験者の記憶と体験当時の世相を鑑み、極力当時の様相を再現するよう心がけています。現代においては若干耳慣れない言葉・表記が登場する場合がありますが、これらは差別・侮蔑を意図する考えに基づくものではありません。

御挨拶

お初の方も、そうでない方も、本書を手に取っていただき誠にありがとうございます。

有り難いことに、この『「超」怖い話 隠鬼《かくれおに》』で、迂拙三冊目の単著となります。

市井に隠れた闇の部分が大好物で、更にこの本をお気に召していただけましたら、是非とも前の二作もお手に取っていただければ倖せです。と言いましても、今からですと電子書籍版になってしまいますかね。

最近は世相のせいなんでしょうか。

「こないだ怖い目に会っちゃってさあ」といった会話で、その後に「幽霊が出て」などと続きますと、何故か安心なような不思議な感覚に襲われることがあります。このような考えではいけないことは重々承知しております。そんなわけで、感覚をより研ぎ澄まして、日常に隠れている怪異の恐ろしさを、これからも御紹介し続けたいと考えております。とは言いつつも、自分自信がそんな目に会うのは絶対嫌なんですけれどね。

まあとにかく、本書には、そのような「自分が会うのは絶対に嫌!」な話ばかりを集めております。何はともあれ、まずはお愉しみ下さい。

目次

6

黒い伯父

「信じられないかもしれませんが……」

つい二年前に亡くなった伯父の顔を、池永さんは覚えていない。

だが、彼の話を聞いていくうちに、「覚えていない」というのは少し正確ではないことが分かってきた。

彼の話によると、そもそも伯父の顔を見たことがないのである。

「伯父は自分のウチでずっと同居していたんで。勿論ずっと会っていなかった訳ではないんです」

池永さんは子供の頃、両親と祖父母、弟、そして父親の兄である伯父と一緒に生活していた。

伯父は長男にも拘わらず、何らかの事情があってこの家を継がなかったということなのであろうか。

だが、兼業農家で仕事に追われて滅多に遊んでくれない実の父親より、いつも家の周りで畑仕事をしている伯父のほうが、池永さん兄弟にとって身近な存在であった。

その彼が兄であるにも拘わらず、弟である父に追い使われる様を見て、反発すら覚えていた。

しかし、池永さんはずっと不思議に思っていた。どうしてこの優しい伯父には、顔がないのであろうかと。

いや顔がないというのは語弊がある。実際は、伯父の顔付近には常に黒い靄《もや》のようなものが覆い被さっており、どのような顔立ちをしているのか皆目見当も付かなかった。

だが不思議なことに、そのように見えているのは池永さんだけであるようだった。何故なら、自分の弟や友人達には、伯父の顔にそのような黒い靄は見えなかったからである。

何となく口にしてはいけないような気がして、池永さんは家族の前ではそのことを一切口に出さなかった。

しかしある日のこと、些細なことで祖母に説教をされているときに、思わず口走ってしまった。

伯父の顔にはいつも黒い靄が掛かっており、どのような顔立ちをしているのかさっぱり分からない、と。

その言葉を聞いた途端、祖父母の表情が一気に陰ったことを今でも思い出す。

彼らは明らかに落胆しており、そのときから孫である池永さんに対して何処かよそよそしい態度を取るようになっていった。

しかも、それだけでは済まなかった。明らかに、池永さんと弟では扱いに差を付けられるようになってしまったのだ。

具体的に言うと、着るものは勿論のこと普段の食事から毎月のお小遣い、更には習い事に至るまで、悉《ことごと》く弟とは差を付けられた。

父親は何かを知っていたのであろう。これらの差別を見ても特別何も言わなかったが、母親だけは違っていた。

池永さんを不憫《ふびん》に思っていたのか、色々な面でとにかく気に掛けてくれてはいた。だが、母親一人の力ではどうすることもできない。池永さんが精一杯懇願したにも拘わらず、彼は祖父母の反対で大学には進学できなかった。

一方、自分よりも成績が悪い弟は、聞いたこともないような私立大学へ通わせることになったのである。

長男と次男で扱いに差が生じるといったことは、田舎ではよくあることなのかもしれない。だが、長男よりも次男の扱いがいいなどといった話は、彼の知る限りこの地域では今まで見たことがなかった。

ところがあるとき、池永さんはこのような例が身近に存在していることに気が付いてしまった。

そう、自分の父親とその兄であるはずの伯父だ。二人の関係は自分達兄弟とそっくりだった。

所謂《いわゆる》、冷や飯食いというものであろうか。

その理由に関してあれこれ頭を悩ませてはみたものの、はっきりとした答えは見つからない。

ただ単に、明確な差別がこの家には存在している、といった事実のみが池永さんの精神に重く伸し掛かっていた。

伯父は北側に位置する四畳半の部屋をあてがわれており、昼は農作業を手伝い、テレビもない部屋に寝かされている。

のめり込むような趣味があるとも思えなかったし、何処かに外出することもなかったし、訪ねてくる友達もいなかった。

更に、労働の対価を貰っている感じもなかった。

あるとき、伯父に質問したことがあった。

こんな腐った家を飛び出して、自活する気はないのか、と。

その問いに、伯父は頭《かぶり》を振った。そんなことは考えたこともない、と断言したのだ。

「だって、オレらみたいなのは、こんなふうに生きていくしかないだろ？」

この言葉は、池永さんの心に重い楔《くさび》を打ち込んだ。

オレら？　オレら、ってどういう意味だよ。絶対に嫌だ。伯父のように生きるのだけは、絶対に御免だ。

それだけを頑なに誓って、池永さんは長い間我慢に我慢を重ねた。

そして高校卒業から数年後、家出同然に実家を飛び出したのである。


息苦しい生活から解放されて、池永さんの表情には人間らしさが戻っていった。

生活は苦しかったが、それ以上に充足感に溢れた人生を歩んだ。

そして十年といった月日があっという間に流れた頃、伯父が亡くなったとの連絡が来た。

唯一連絡を取っていた母親からの情報であったが、その連絡が来る前に、池永さんは伯父の身の上に何かが起きたことを悟っていた。

一体、どうして分かっていたのであろうか。

「……あの黒い靄がね。アレが自分の顔に掛かっていたんですよ」

ある朝、出勤のために身だしなみを整えていると、鏡に映る自分の顔を例の黒い靄が覆い尽くしていたのだ。

　これはまるで、伯父のようだ。初めのうちは、そのような感想しか出てこなかった。

　しかしこの靄が自分の身に現れたということは、ひょっとして伯父の身の上に何かが起きたのかもしれない。

　その思いは鏡を見る度、日に日に強くなっていき、ついに悲報を受け取るまでに至ったのである。

「病死って言ってましたが、ホントはどうなのか分かりません」

　気が進まなかったが、池永さんは葬式に参列するために帰省した。

　久しぶりに会ったにも拘わらず、祖父母はまるで苦虫を噛み潰したような表情をしていた。

　母親は大層喜んでくれたが、父親はあまり関心がなさそうな態度を取り続けていた。

　弟に至っては、まるで兄の存在が目に入ってこないかのように、徹底的に無視を続けていた。

　そんな弟の傍らには、お嫁さんらしき綺麗な女性が寄り添っており、これまた可愛らしい四、五歳程の姪の姿があった。

池永さんは、まっすぐに彼らを見ることができなかった。自分の現況と弟夫婦を照らし合わせて、どうしようもない劣等感に襲われていたのだ。

あまりにも眩しすぎて、目を合わせることができそうもない。

池永さんは疎外感を全身に受けながら、葬儀会場から逃げ出すように去ろうとしていた。

母親にさえも何も告げずにこの場から立ち去ろうとしたとき、甲高い声で姪が母親に訊ねる声が耳に入ってきた。

「ねえ、あの人の顔って何で真っ黒で見えないの？」

雲脂

齢四十五に達しようとしていた青木さんには、最近密かな悩みがあった。

とにかく、頭の雲脂《ふけ》が酷いのである。

毎朝目を覚ますと、枕やシーツの上には、乾いた白っぽい鱗状の物体が必ず落ちている。

そして、これらの惨状を見る度に、憂鬱な気分になっていた。


勿論、これに対する対策は必要以上に行っていた。

専用のシャンプーを使ったり、食生活を改善したりもしていた。

体質改善に効果的との情報を何処かから仕入れてきては、今まで大嫌いだった海藻類も積極的に摂るよう心がけてもいた。

しかし、起床する度に見つけてしまう雪のような、しかし美しくなど決してないそれは、彼の気持ちを朝からどんよりと曇らせるのであった。

もう年なんだなあ。

認めるのは嫌だけど、認めるしかないのかなあ。

などと、彼の心が半ば諦めムードに入っていた、ある晩のことである。

真夜中、青木さんは何故か目を覚ました。

彼の眠りはいつも深く、夜中に目覚めることは今まで殆どなかった。

たまに深酒したときだけ、待ったなしの尿意を覚えて、目を覚ますことがある。

だが今回は、別に膀胱《ぼうこう》が一杯にはなっていなかった。

このまま目を瞑っていればすぐに眠れるかと思ったが、なかなか寝付くことができない。

しかも、顔面に妙な痒みを覚えて、我慢ができなくなってしまった。

青木さんは、ぱっと両目を開けた。

すると目の前に、見知らぬ男性の顔があった。

顔中吹き出物だらけのぼこぼこした皮膚の長髪の男であった。

脂っぽいその黒髪からは、何かがぱらぱらと落ちてきて、それらが青木さんの顔面に降り注いでいたのである。

目の前に浮いているその男と、青木さんの目が合った。

途端、何故か目尻が下がって笑みを浮かべるその顔を見ながら、青木さんの意識は遠のいていった。

「頭が痒くなかったんで、おかしいなあとは思っていたんですよ」

それ以来、青木さんが雲脂で悩むことは一度もなかった。

声

幸田さんがとある観光地に遊びに行ったときの話。

車から降りた瞬間、自分の住んでいる所よりも断然深まっている秋らしさを感じていた。

辺りを見渡すと、色鮮やかな落葉広葉樹に思わず見惚れてしまう。

澄み切った空気は実に清々しく、時折聞こえてくる虫の声も妙に心地よかった。

何げなく、足下に目を遣る。

何処からともなく湧き出てきた水が、足下のU字溝を通って流れている。

幸田さんは人目もはばからず、両腕を大きく開いて上げると、思いっきり深呼吸をした。

「……す……て……」

何処からともなく、微かな声が耳に入ってくる。

そのか弱い声から判断するに、まだ小さな女の子のように思えた。

彼は深呼吸を止めて、辺りに視線を動かしてみる。

自分と同じような年老いた観光客が数人いるだけで、女児らしき人物は見当たらない。

「た……す……て……」

どうやら、その弱々しい声は足下から聞こえてくるようであった。

彼は目を皿のようにして、地面を探し始めた。

「た……す……け……て……」

彼の視線が、U字溝の側面を捉えた。

そこには、一枚の紫色のお守りが貼り付いていた。

今にも湧き水に流されようとしていたが、何故かそうはならずに側面にへばり付いていたのである。

信じられないような表情を浮かべつつ、彼はそのお守りを手に取ってみた。

そのとき、あのか細い声が――明らかにお守りから聞こえてきた声が、こう言った。

「あ……り……が……と……う」

「私が持つなんて、そんなもったいないことできませんよ」

そのお守りは現在、幸田家の菩提寺に奉納してあるとのことである。

たすけて

三月さんが中学生の頃の話だ。

彼には、小学生の頃まではよく一緒に遊んでいた文《あや》という幼馴染みがいた。

家がお隣同士で、両親達の仲も非常に良かったせいか、二人とも物心付いたときから一緒に遊ぶようになっていた。

田舎の小さな町だったので、二人とも当然の如く同じ中学校に進学することとなった。

しかし、この頃から二人の間に亀裂が入るようになる。

新しい友人達と過ごすようになってくると、文に対して今までのように気安く話すことができなくなってしまったのだ。

恥ずかしいような照れ臭いような、上手く言葉に表せないような感情が作用して、自然と彼女とは距離を置くようになっていった。

進学して間もなくは今まで通り積極的に話しかけてきた彼女も、クラスが違ってしまったこともあってか、やがて彼に対して話しかけるようなこともなくなってしまった。

小学校の六年間は毎年欠かさずやりとりしていた年賀状も、中一のときに終わりを告げていた。

恐らく自分のほうから出すのを止めたのであろうと、彼は考えている。

そしていつしかお互いの存在すら忘れかけていた中三の夏、三月さんが部活から帰ってきたときのこと。

その日は連日続いた暑さもピークに達しており、町中の坂道で見た逃げ水が妙に印象的だった。

彼が郵便受けを確認すると、文から一通の葉書が届いていた。

彼女から何の手紙が届いたのであろうと訝しげに裏面に目を通してみる。

そこには、たった一言が、鉛筆のようなもので書かれてあった。

「たすけて」

理由が分からずに、その場で色々と考えてみる。

容赦なく降り注いでくる強烈な陽光が、時折彼の意識を遠のかせる。

額から滲み出てくる大粒の汗が、頬を伝ってポロシャツの襟をぐっしょりと濡らしていく。

幾ら頭を働かせてもそこに書かれた意味が分からずに、彼は葉書を持ったまま家の中へと入っていった。

玄関先を抜けた所で、突然頭に激痛が走った。

思わずその場に座り込んで痛みに耐えていると、様々な映像が一気に脳内を流れ始めた。

それは、中学に入学したばかりの、硬い表情をしている自分の姿であった。

新しくできた友人達と一緒になって遊ぶ、自分の姿が映し出されている。

このような視点で自分の姿を見るのは、あり得ないことである。

過去の自分を思い出しながらも、何処となく違和感を感じながら、彼は脳内を流れる映像に夢中になっていた。

映像はやがて、最近の自分の姿になっていった。

部活動で汗を流している自分を、何処かの陰からこっそり見守っているかのような、不思議な視点で映像は続いている。

ここにきて、彼は思い当たった。

これは恐らく、自分ではない誰かの視点に違いない。

そう考えた瞬間、この視点が誰のものか分かったような気がした。

それとともに、感じていた違和感も消え去ったのである。

しかしそれに思い当たった途端、今までの頭痛がほんの序の口にしか思えないような、とんでもない痛みが襲ってきた。

三月さんは廊下に倒れると、頭部を押さえながら悶え苦しんでいる。

だが、そればかりでは終わらなかった。

次に、右手の甲に激痛が訪れた。

まるで真っ赤に灼けた火箸を押しつけられたような強烈な刺激がやってきて、肉の焼ける臭いが鼻腔にねっとりと絡み付く。

その痛みは二の腕に伝わり、次は左腕、そして腹部や背中へとじわりじわりと広がっていった。

拷問のような痛みは、まだまだ終わる気配を見せない。

この家の何処かにいるはずの両親を呼びたかったが、大声を出そうにも、喉の奥に何かを隙間なく詰め込まれたかのような感覚に襲われて、小声一つ漏らすことができない状態である。

彼の意識が朦朧とし始め、間もなく限界が訪れようとしていた、そのとき。

女の悲痛な叫びが、部屋中に響き渡った。

その悲鳴のあまりの大きさに、二階から両親が慌てふためきながら飛び込んできたのである。

「どうした！　何だ、今の声は？　一体、何があった？」

矢継ぎ早に質問されるが、一切答えることができない。

だが、さっきまでの恐ろしい痛みは徐々に小さくなっていき、数分後にはほぼ元通りの状態に戻った。

だが、痛みの激しかった箇所には、火傷の痕のようなものがはっきりと残されていた。

全身くまなく、まるで煙草の火を押しつけられたかのような、歪な円形が残痕となった。


以上が、三月さんからお訊きした話になる。

この話には勿論、後日談らしきものがあるとしか考えられなかったが、それ以上話すことを彼は頑なに拒んでいる。

文さんの身に何か起きたのではないかとも邪推できるが、それすらも一切不明である。

気になった私は、図書館やインターネットを駆使して、その土地の新聞記事から関連していると思われる事件を探し始めた。

確かに、この地では昔、物騒な出来事が起きたことがあった。

しかしそれが、三月さんの幼馴染みの身に起きたのかどうかまでは不明のままである。

運命

混雑状態の電車を降りると、玉ノ井さんは自宅に向かってとぼとぼと歩き始めた。

悲鳴を上げ続けている身体を癒やすように、首や肩を右手で揉みほぐしながら、半ば足を引きずるように歩いていく。

時折漏らす溜め息が、彼の気持ちをより底のほうへと誘っていく。

腕時計に目を遣ると、時計の針は間もなく二十三時三十分を指そうとしている。

「……疲れたなぁ」

周囲を歩いている若者達を気にもせず、彼は大きな声で独りごちた。

玉ノ井さんは当時、五十九歳。もうすぐ、六十歳の定年退職を迎える。

既に、彼の精神と身体はぼろぼろであったが、まだまだ諦める訳にはいかなかった。

明日も早朝から出勤しなければならない。

彼は歩く速度を速めると、自宅へ向かって急ぎ始めた。

途中、大通りの交差点で赤信号に捕まった。

やむなく歩みを止め、彼は信号機の前で立ち止まった。

何げなく、後ろを振り返ってみる。

そこにはリサイクルショップの看板が光っており、鏡面仕上げのようなシャッターが降りていた。

そのシャッターに映っている自分の姿を見るなり、彼の頭の中で過去の出来事が突如蘇った。


当時、玉ノ井さんは小学校に通っていた。

友人達と遊ぶのが好きで、早朝から学校に集まっては、鍵の壊れた用具室に侵入して、プロレスごっこをしていた。

その日も朝の六時半には、彼は用具室でマットを敷いていた。

そして友人達が来るのを待っていたのである。

だが、幾ら待っても彼らは誰一人として集まってこない。

このようなことは今までなく、彼自身も不安になっていった。

そのとき、窓ガラスの向こう側にいる人物に驚いて、その場で大声を上げてしまった。

そこには、くたびれた背広を着て、めっきりと頭髪の薄くなった老人が立っていたのである。

絶対に不審者に違いないと、彼は確信していた。

ひょっとして、これって人さらいじゃないの？

だとしたら、自分一人でここにいること自体が危険なのではないだろうか。

誰も集まってこないし、逃げたほうがいいのかもしれない。

そう考えていたとき、足下に転がっていた金属バットが彼の視界に入った。

これさえあれば、追っ払えるかもしれない。

彼は窓の外からこちらを覗いている人物を睨め付けながら、金属バットを掴んで振り上げた。

すると驚くべきことに、外の老人も同じように金属バットを振り上げたのだ。

ここで、彼はあることに気が付いた。

到底考えられないような類いの話ではあったが、窓ガラス越しに見る老人を見る度に、そうとしか思えない。

自分が振り上げているこの金属バットには、英語でメーカー名が書かれている。

そして、あの老人の振り上げている金属バットにも、同じメーカー名が記載されていた。

しかし、それは何処からどう見ても鏡文字であった。

つまり、あの老人は外に立っているのではなく、ひょっとしたら窓ガラスに映っている自分の姿なのかもしれない。

そう思った途端、彼は全てが怖くなってしまった。もしかしたら自分の今が、あの老人を作り出しているのではないだろうか。

彼は一瞬たりとも我慢できなくなって、用具室から抜け出した。

そしてそれからは、人が違ったかのように勉学に勤しむようになったのであった。

「私なんて、あの年で自分の将来の姿を見ていたんですよ。そして、そうなるまいと努力したつもりだったんですが……」

諦観の境地に達したかのような表情で、玉ノ井さんは言った。

「人間の将来なんてあらかじめ決まっているんですよ。それを変えようとするなんて、無駄もいいとこ」

人魂の天麩羅

黒田さんは一時期、料理に凝っていた。

「コンビニ弁当ばっかりじゃ、やっぱり身体に良くないからね」

離婚してからはコンビニ弁当ばかりに頼り切っており、その不摂生が祟ったのか、身体の調子を崩してしまった。

そこで心機一転、せめて朝夕の食事だけは自分で作ることに決めたのである。

「最近は便利だよね。ネットに全部載ってるんだから」

食事のレシピは、殆どインターネットから仕入れていた。

確かに、便利である。その殆どが無料な上、初心者でも簡単においしい料理が上手く作れてしまう。

「それで料理にはまっちゃってね……」

今度は自分のオリジナル料理を作ることにしたのであった。

築二十数年の古いアパート。

そこの六畳しかない狭苦しい部屋に、むさ苦しい中年男性六人が集まっていた。

黒田さんと、彼が作る料理を愉しみに集まってきた、その友人達であった。

「お、うめえじゃん。この煮物！」

「このお浸しもたまんねえな！　もっと酒が欲しいな」

絶賛の声が絶え間なく聞こえてくる。

自分の作る料理に舌鼓を打つ友人達を見て、彼はすこぶる上機嫌になった。

「そして、最後に自分のオリジナル料理を出したのですが……」

そのフォルムは、とても奇抜なものであった。

「何。これ？」

黒田さんが持ってきた大皿に載った料理を見ながら、友人達が口を揃えて訊ねてくる。

「まあ、とにかく食ってみな！」

何処となく自信ありげにそう告げる黒田さんの口元は、若干緩んでいた。

「うめえじゃん！　何コレ？」

またもや訊いてくる友人達に、黒田さんは言った。

「コレはねぇ、人魂の天麩羅《てんぷら》」

黒田さんがそう言うなり、場の空気が一斉に静まり返った。と思いきや、あっという間に馬鹿笑いの場へと変わった。

「ひ、ひとだまって、お前。馬鹿言ってんじゃねえよ」

「お前、これって。ただの鶏肉の天麩羅じゃねえか」

速攻でネタをばらされて、黒田さんは二の句が継げなくなってしまった。

確かにその通りであった。彼のオリジナル料理「人魂の天麩羅」は、鶏ささみの天麩羅であった。

ささみを上手い具合に形作って、ありふれた人魂の形にしてから、市販の天麩羅粉を塗《まぶ》して揚げる。

そのネーミング自体も彼の好きな漫画から得たもので、とてもじゃないがオリジナル料理とは言えなかったのである。

「馬鹿！　これ、鶏のささみなんかじゃねえよ！」

友人の吉崎が、オリジナルの天麩羅をじっくりと味わいながら言った。

「えっ？　ささみを揚げただけだけど」

「いやいやいや、違うって！」

軽い押し問答を続けたが、一向に埒が明かない。

「ほら、コレだよ。よく見てみなよ！」

黒田さんは、スーパーで買った証拠とばかりに、ささみが包装されていたラップをゴミ箱から引っ張り出してきた。

そこには、しっかりと「若鶏のささみ」と記載されている。

しかし、それでも吉崎は納得しない。

「じゃあ、食ってみなよ。まだ少しあるから」

友人の食いかけを頂くのは若干抵抗があったが、致し方あるまい。

黒田さんはその残りをナイフで五つに切り分けると、友人達に食べるよう促した。

まず最初に、黒田さんがその少量の天麩羅を口に運んだ。

あっという間に口内に拡がっていくまろやかな肉の脂とともに、しっかりとした柔らかい肉の味が舌の上を優しく包んでいった。

「……うわあ、美味すぎるな、コレ。確かにささみじゃないなあ」

黒田さんが感想を述べると、友人達も怪訝そうな顔をしながら次々に口へ運んでいく。

「うん、これは何の肉だろう？」

「何だこりゃ。オレが食った奴とは全然違うなあ」

「しっかし、美味いな、コレ。今度からコレにしてくれよ」

友人達も、次々に絶賛していく。

だが、黒田さんは納得がいかない。同じ肉のはずなのに、どうしてこうまで違うのか。

「もしかして、スーパーの人が間違ったんじゃないのか？」

黒田さんの肩をポンと叩きながら、吉崎は言った。

確かに、そうかもしれない。鶏のささみだけを詰めたはずが、他の高級な肉を入れてしまったのかもしれない。

しかし、そんなことがあるのだろうか。

でも、見た目も他のささみと一緒だったことが気に掛かる。

「まあ、そういうこともあるって」

吉崎のその言葉に相槌を打ちながら、黒田さんは大皿に目を遣った。

人魂の天麩羅が、一個だけ余っていた。

「あれ、誰だよ。まだ食ってない奴は？」

天麩羅は六個揚げたはずである。一個余っているということは、まだ食っていない奴が一人いるはず。

しかし、友人達は不可解な顔をしている。

「え？　全員食ったはずだよ」

「そうそう。作った人が二個食うのかと思っていたよ」

そう言っている友人達が嘘を吐いているとは思えない。

黒田さんが訳も分からず呆然としていると、吉崎が身を乗り出して言った。

「オレ、貰うわっ！」

残りの一つは、瞬く間に吉崎の胃袋へと収納されてしまった。

「何だ、ささみかよ。さっきの奴かと思ったのに……」

残念そうな表情を見せながら、吉崎は口の周りをべろりと舐めた。


その晩は、そのまま泊まりで酒を呑み始めた。

美味い料理をたらふく食べたし、アルコールも入ったおかげで皆上機嫌であった。

そろそろ雑魚寝でもしようかと、彼らは居間を片付け始めた。

そのとき、天井に吊された灯りが数回瞬いたかと思うと、いきなり辺りが暗くなった。

「何だ、停電か？」

「いや蛍光灯が切れたんじゃねえの？」

暗闇の中、友人達は騒ぎ立てる。

窓から入ってくる月明かりと街灯の明かりだけが、この部屋を照らしていた。

その会話の合間に、おかしな声が混じっていることに、黒田さんは気が付いた。

「ちょっと、お前ら。ちょっと、静かにしろ！」

普段の黒田さんとは異なる口調に驚いたのか、彼らはすぐに黙った。

遠くから聞こえてくる車のエンジン音だけが、やけに煩《うるさ》く感じられる。

「……いっ……いってぇ……いってぇ……いってぇ……よぉぅ」

少年の声であろうか、確実に耳へと入ってくる。

「……いっ……いってぇ……いってぇ……いってぇ……よぉぅ」

この部屋から聞こえてくる。この部屋に、知らない誰かがいる。

「うっ！　うっ！　うっ！　うっ！　うっ！　うっ！　うっ！」

一際大きい吉崎の呻き声が、部屋中に響き渡った。

「や……やめ……やめろ……やめろ……やめろ……やめろぅぉぉぉぉ！」

最早絶叫にしか思えない、吉崎の悲鳴が鳴り渡る。

それが引き金になったのか、その場にいる全員がパニック状態に陥った。

「いるいるいるいるいるっっっっ！」

「そこだって！　そこにいるって！　そこにいるって！」

「どうしよっ！　どうしよっ！　どうしよっ！」

散々騒ぎ立てる友人達を前に、流石の黒田さんも頭に来た。

「近所迷惑だろっ！　いい加減にし……」

そう大声を張り上げようとしたとき、何かがいきなり口内に侵入してきた。

朧気な灯りの照らす中、その姿が次第に明らかになってきた。

それは、全裸の少年であった。頭がぱっくりと割れて、中は紅い砂利袋のようになっている。

血走ったその眼からは、悪意しか感じ取ることができない。

その少年の小汚い右手が、いつの間にか黒田さんの口内に突っ込まれていたのだ。

身体は麻痺でもしたかのようにぴくりとも動かない。

少年の細い指が、彼の舌をむんずと掴んだ。

鋭く伸びた爪先が舌に刺さって、酷く痛む。

「……んんんんん……んんんんん！」

間の抜けたハミングだけが黒田さんの鼻から溢れてくる。

「……んんんんん……んんんんん！」

そのとき、唐突に部屋の明かりが点った。

それとともに、口内を満たしていた異物感も一気に消え失せてしまった。

舌に残った鈍い痛みだけを除いて。

「……、まァ、意味が分からないですよね」

一体何が悪かったのであろうかと、黒田さんは今でも考えることがある。

スーパーで買ってきた肉を調理して、友人達に振る舞っただけのこと。

それだけのことで、どうしてあんな目に遭わなければならないのであろうか。

もしかしたら他に原因があるのかもしれないが、自分はともかく友人達も心当たりがないと言う。

しかし、人魂の天麩羅の数が合わないことから、そこに何かしらの原因があるのかもしれない。

「もう、料理はコリゴリです。ホントに」

黒田さんは夕方になると、近所にオープンしたばかりの弁当屋に行くことにしている。

風呂場にて

ある夏の暑い日の晩。

仕事から帰ってきた大西さんは、冷蔵庫に入れておいた缶ビールを冷凍庫の中へと移動させた。

そして全身汗だくの身体を洗い流そうと、浴室へと向かっていった。

できたら湯船にとっぷりと浸かりたかったが、お湯を張る時間すら待っていられない。

彼は熱いシャワーを頭からたっぷりと掛けて、全身の汗を流すと、さっぱりとした表情で部屋へと戻ってきた。

寛《くつろ》ぎやすい部屋着に着替えてから、短時間ながらも冷凍庫でキンキンに冷やしておいた缶ビールを愉しもうとした。

テレビを点けたところで、あることを忘れていたことに気が付いた。

そうだった。浴室の窓を開けないと、黴が発生して面倒なことになってしまう。

彼は、湿気が籠もってむわっとしている浴室へ向かうと、磨りガラスをがらりと開け放った。

熱帯夜のせいか外気とあまり変わらないような気がしたが、それでも開けないよりはマシであろう。

すると、一匹の甲虫が羽音を立てて飛来し、網戸にへばり付いた。

その音に酷く驚かされたが、正体が分かれば何てことはない。

放っておけばいいものを、彼はどうしてもそのカナブンらしい甲虫に何処かへと行ってほしくなった。

カネブンの裏側を、人差し指を使って網戸越しに弾き飛ばそうと試みた。

しかし、カナブンも鉤爪を網に絡ませて、必死に抵抗している。

数回ほど弾いたところで、甲虫は漸《ようや》くその羽を開いて飛び立とうとした。

ああ、良かったと思った――その瞬間であった。

平べったい人間の顔が、大口を開けて網戸に激突してきたのだ。

飛び立とうとしていたカナブンは、その真っ黒な口の中へと吸い込まれるように消えていった。

凹凸のなさそうな顔面は、網戸を目一杯弛《たる》ませると、その反発力で弾かれたように何処かへと消えてしまった。

翌日、大西さんは体調不良で会社を休むことになった。
全身の震えが止まらず、どうしようもなかったからである。
あのとき冷凍庫に入れた缶ビールは、ものの見事に破裂していたという。

抱擁

藤本さんが高校生の頃の話であるから、今から約三十年以上前のことになる。

彼は当時野球部に所属しており、毎日毎日遅くまで練習に明け暮れていた。

と言っても練習場には照明器具の類いが一切なかったため、日没を迎えて白球が見えなくなるまでの昔ながらの練習であった。


いつものように練習をこなしてから、彼はチームメイトと一緒に駅へと向かって自転車を漕いでいた。

まだまだ時間に余裕があった。

だが、次の電車を逃すと、四十分程度待たなくてはいけない。

二人は少しばかり自転車のスピードを上げると、二列で併走しながら車道を走っていた。

辺りはとっぷりと日が暮れていており、車通りも殆どない、寂しい道であった。

街灯も殆どなかったし、月明かりはまるでカーテンのように幾重にも重なった分厚い雲によって遮断されていた。

勿論、彼らの自転車にはライトなどといったものは搭載されていなかった。あったとしても、全て自分自身で取り去っていたのである。

当時、彼らの仲間内では、ライト付きの自転車に乗ることは格好悪いこととされていた。たとえ自転車と言っても車両に違いはないため、無灯火運転は道路交通法違反となり罰金刑の対象となる。

しかし、高校生の彼らにとって、この違法行為には現実味がなかった。

彼らは他愛もない話をしながら、更にスピードを挙げて滑走を続けている。

そのとき、である。

「あっ！」

隣を走る友人の一驚が発せられたが、時既に遅かった。

一体何事かと隣に顔を向けたその瞬間、藤本さんの運転する自転車の前輪が、何かしらの固いモノにぶち当たった。

今まで味わったことのないような衝撃が全身に襲いかかる。

彼の身体は自転車の前輪を軸にして発射されたかのように、サドルから解き放たれて前方に向かって投げ出された。

（あれれ。コレってまずいんじゃない、かな。あれれっ）

実際の時間はほんの一瞬であったに違いないが、藤本さんの脳内では様々な考えが交差していた。

併走していた友人の顔面が驚愕に歪むその様を、丹念に観察する余裕もあった。

「うわあ、こりゃダメだ。って思ったらしいですよ。もう、完全に死んだ、って」

彼の目の前で、藤本さんの自転車は、路上に駐車されていた白いトラックの荷台の後ろに猛スピードで衝突したのである。

藤本さんの身体は物凄い速度で吹き飛ばされ、トラックの車体にある〈鳥居〉と呼ばれる座席後部の支柱のようなものに頭から衝突しようとしていた。その光景が、友人の目にもはっきりと映った。

彼の時間が、途轍もなくゆっくりとした速度で、緩やかに経過していく。

藤本さんの頭頂部が鳥居にぶち当たろうとしたその瞬間、友人は到底信じられないような光景を目の当たりにした。

何処からともなく現れた白い靄のようなものが、藤本さんの全身を一気に包み込んだ。

藤本さん自身も、相当な痛みを覚悟していた。

しかし、何の衝撃も訪れなかった。

「とにかく今まで触れたことのないような柔らかい感覚、としか言いようがないですね」

その靄のような物質は彼の身体を衝撃から完全に守ったらしく、物凄い速度で衝突したにしては、物音一つしなかった、と友人は断言したのである。

友人は酷く驚いたが藤本さん自身も自分の身に何が起きたのか、全く分からなかった。両目をまん丸に見開きながら、不思議そうに辺りをキョロキョロと見渡すことしかできなかった。

「今思えば、大きな手、だったと思います。そう、ばかでかい掌。恐らく。そんな感覚が全身に残りましたから」

綿とかマットレスとか、そういった類いの感覚ではなかった、と藤本さんは回想する。大きな手のような存在が、自分の身体を優しく抱き留めてくれたのである、と。

「……まあ、助けられたのだと思いますよ。あのときは」

それにも拘わらず、藤本さんの表情からは何故か陰りが感じられる。

その点が気になったので、拒む彼を何とか説得して、漸《ようや》く話してもらえた。

「……その手がね、言ったんですよ。確かに、言ったんですよ」

一呼吸置いてから、彼は喉の奥から絞り出すように、弱々しい声を出した。

「……まだ、早い。って声が聞こえてきたんですよ」

あの日以来、毎日が怖くて怖くて仕方がないんです、と藤本さんは言った。

あのときはまだ早かったが、今こうしている数分後に、そのときが訪れない保証が何処にあるのか、と彼は考えている。

NOW LOADING・・・・・

「大分前の話なんですが……」

ノボルは高校三年の頃、テレビゲームにはまりこんでいた時期があった。

「今考えると、受験からの逃避だったんでしょうけど」

両親の説教には一切耳を貸さず、受験勉強そっちのけで毎夜毎晩耽《ふけ》っていたのである。

そのゲームは所謂ＲＰＧ《ロールプレイングゲーム》で、やり込み要素満載のタイトルであった。

「今はどうか知りませんが、昔のゲームって読み込みが遅いじゃないですか」

記録されている媒体からデータを読み込む際に、一瞬画面が真っ暗に変わった。

そしてそこには、「NOW LOADING……」という言葉のみ表示される。

勿論、読み込むデータの量に比例するので、その時間は千差万別ではある。

「アレって、ちょっとイライラしますよね。まあ、そのときなんですけど」

学校から帰宅するや否や、ノボルは二階の自室に籠もってＲＰＧと格闘していた。

今夜は煩い両親が法事で外泊することになっていたので、用意周到に夕食や飲み物も部屋に持ち込んでいる。

ゲーム内では物語が佳境に入っており、唐突に画面が黒一色に塗り潰された。

そして、白い文字で浮かび上がる、「NOW LOADING……」。

彼は一呼吸入れると、側に置いていた麦茶を喉に流し込んだ。

そのとき。

「アレ？　何だ、今の？」

麦茶が入ったコップに視線を移して、またすぐに戻したとき、真っ黒な画面に人の顔が映っていたような気がしたのだ。

坊主頭の中年の男が、物凄い形相でこちらを睨んでいた、ような。

目を凝らして確かめようとしたが、画面は既に物語が展開していくムービーへと変わっていた。

真夏にも拘わらず少々寒気を覚えた彼は、すぐに後ろを振り返った。

勿論、誰もいない。この部屋にいるのは自分だけのはずであるから、当然である。

それが当然のことに過ぎなくても、この不安な気持ちはどうすればいいのか。

ホラータイトルのゲームであるならば、こういった演出があるのかもしれない。

しかし、これはそういった類いのタイトルではないし、随分とやり込んではいるがこのようなことは今まで一度もなかった。

ノボルは、気のせい、気のせい、と何度も心の中で念仏のように唱えながら、物語を進めていく。

そして戦闘シーンに入る間際に、一瞬だけ画面が真っ暗になった。

その間だけ、呼吸が止まったかのような錯覚に捕らわれる。

「えええええええっ！　い、いるよね。絶対にいたよね！」

誰に対してともなく、思わず声を掛けてしまう。

中年の男が、確かに画面に映っていた。

先程同様、男は丸坊主である。その顔に血の気はなく、輝きを失った死人のような目をしている。

ノボルは勢いよく立ち上がると、恐れ慄《おのの》いて辺りを丹念に見回した。

しかし、誰もいない。それはそうだろう。この部屋、いやこの家には自分以外誰もいるはずがないのだ。

ほっと胸を撫で下ろしたのも束の間、小刻みな身体の震えが止まらなくなった。

いやいや、そんな馬鹿なことが起こる訳がない。

いやいや、でも、確かに。

最初に現れた坊主頭は、ただこちらを睨み付けていた。

でも、二回目の奴は頭と鼻から血を流していたよな、絶対に。しかも、あの目。

ノボルは冷や汗でシャツをびっしょりと濡らしながら、その場に座り込んだ。

もう、気のせいだとは言ってられない。もう、無理。無理だよ。

いや、待てよ。

適度な休憩も取らずに画面を凝視するのは目に悪いんじゃないかな。恐らくそのおかげで幻覚を見たのかもしれない。

そう結論付けた瞬間、不思議と肩の力が抜けていくのを覚えた。

そうだ。そうに違いない。

彼はゆっくりと瞼を閉じ、深呼吸をした。それからこめかみを指で念入りに揉みほぐす。

打ち寛《くつろ》ぐ感覚に気分を良くしながらノボルは深い溜め息を一つ吐くと、コントローラーを握り直した。

そして画面内では物語が進んでいき、真っ黒な画面に「NOW LOADING……」の白い文字が現れる。

そのとき、彼の頭頂部に何かが触れた。

ぞわぞわした感覚とともに背筋が寒くなり視線を上に移すと、天井付近で何か白い靄のようなものが動いている。

初めは人間の拳大程度の雲に似た形をしていたが、すぐに膨張していき、まるで掌のように形作っていく。

呆然としているノボルの目前で、物凄い速度で窓側から外へと消えていった。

と同時に、耳を劈《つんざ》く衝突音が室内に響き渡る。

ノボルはコントローラーを投げ捨てると、窓のカーテンを勢いよく開け放った。

眼下の小道で、黒塗りの高級車が電柱に激突しているではないか。

「わっ！　事故だっ！」

先程までの恐怖も忘れたのか、彼は急いで階下へ降りると、玄関先へと飛び出した。

御近所の人達も事故に気付いたようで、見物人で溢れ返っていた。

誰かが既に通報したらしく、遠くのほうからサイレンが聞こえてくる。

彼はペチャンコに潰れた高級車に近づくと、興味本位でフロントガラス越しに車内を覗き込んだ。

助手席ではカラフルなスーツを着た金髪の女が下を向いていたが、割れた頭から血液が溢れ出している。

そして運転席では、坊主頭の男が顔面を血塗れにしながらシートにふんぞり返り、生気を失った眼で何処か違う世界を見ていた。

その顔を見た瞬間、ノボルは恐怖のあまり声が出なくなった。

悲鳴を上げればすっきりするだろうが、出そうとすればするほど空気の漏れたようなおかしな音しか発することができない。

〈アレって、アレだよね。うん、絶対アレだよね〉

彼はぎこちない動きで家に戻ると、厳重に鍵を掛けた。

そして自室に戻ると、ゲーム機の配線をテレビから引っこ抜き、冷え切った布団へと潜り込んだ。


ノボルが布団から出たのは、翌日の午後になってからである。

自分の部屋のみならず家中の電気を点けっぱなしのまま、彼は布団の中で震えていたのだ。

それ以来、彼はテレビゲームは勿論テレビ番組すらも極力見なくなってしまった。

暗い場面になると、どうしてもあの記憶が蘇ってしまうからである。

奇祭

現在五十代の大崎さんは、田舎で小学校の教諭をしている。

「冬休みの宿題として、作文を書かせたんですよ」

今から数年程前、その年に印象に残った事柄や自分自身で成長できた点などを、冬休みの課題として作文に書かせたことがある。

「個人的に興味があったんで、結構楽しみにしてたんですけど……」

自宅で寛ぎながら、軽い気持ちで読み始めると、自分でも驚く程にかなりのめり込んでしまった。

「勿論文章が拙《つたな》いものはありましたけど、総じてなかなか読ませるものばかりでした」

彼は児童達の成長に大変満足しながらも、ある点が気になって仕方がなかった。

「何かね。作文の中に、知らないお祭りが登場するんですよ。見たことも聞いたこともない、不気味なお祭りが……」

このとき、大崎さんは別に何とも思わなかった。

ある程度自由に文章を書かせることを目的としたもので、そこに自分の空想が混じっていても問題はない。

しかし、一人の児童だけではなかった。

次から次へと、例のお祭りの記述が作文内に散見していたのである。

流石に気になって、そのお祭りについて地元の人々に訊ねてみたが、誰一人としてそのお祭りの存在を知っている大人はいなかった。

大崎さんの集計によると、学級内のおおよそ三分の一にも及ぶ児童が、そのありもしないお祭りに参加したことになる。

「最初は、誰かの作文を真似ただけなのかとも考えましたが……」

だが、書いた児童の接点があまりにも無さ過ぎる。

男女の区別もないし、しかもお互いに仲がいい訳では決してない。

お互いにクラス内の違うグループに所属しており、仲は良くも悪くもなかった。

大崎さんは、この現象に只事ではない異様さを感じ取った。

もし誰かの作文を真似したのであったなら、それに越したことはない。きちんと指導さえすれば、今後このようなことは起きないと思われるからである。

ところが、この作文の該当者には、学年でトップクラスの成績優秀者が複数含まれている。

これは一体、どういう意味を持つのか。

今まで彼らの担任をしてきたので、このような馬鹿げたことをするような子供達ではないことは重々承知している。

とすると、自分を含めた大人達が知らないだけで、このおかしなお祭りは本当に存在しているのであろうか。

大崎さんは、この作文を書いたうちの一人である、八代という少年と話をすることにした。

八代は学年一位の成績を誇っており、更に大崎さんに対して好印象を持っていると思われるからであった。


「アイツは嘘を吐くような人間じゃないんで、信じるしかないんですが……」

大崎さんに例のお祭りのことを訊ねられた八代君は、普段見せたこともない実に少年らしい表情を浮かべて、熱く語り始めた。

八代が言うには、そのお祭りは、ここから十数分程度歩いた所にある河川敷で十二月三十日に行われた。

会場には大量のブルーシートが敷かれており、多くの屋台が建ち並んでいたという。

そして肝心のお祭りの内容であるが、それは到底信じられるようなものではなかった。

祭りに集まった青年達はほぼ全裸の状態で、狐面を被って一心不乱に踊り始めるという。祭り囃子《ばやし》も何もない、聞こえるのは観客のまばらな手拍子のみの中、両手を上げ全身を使って跳ね上がりながら、踊り続けるとのことであった。

分かったのは、それで全てだった。

それ以外の内容になると、八代君の饒舌《じょうぜつ》さが一気に失われてしまった。

一生懸命思い出そうと苦心してはいるのだが、実際は追加情報は一切出てこない。

これほど賢い子供が、先月その目で見たものを何一つ答えられないとは、一体どういうことなのであろうか。

「大体、河川敷でお祭りなんて。しかも裸でなんて、この時期にやるはずないじゃないですか」

それもそのはず。脛《すね》の辺りまで雪が降り積もっているその場所で、ブルーシートを敷いてまでするお祭りなんて、あるはずがない。

大崎さんは八代君以外にも、自分が信用できると考えられる児童数人と、同じ話をしてみた。

しかし、結果は散々たるものであった。彼らも八代君と同様の話をするばかりで、祭りの細部については一切覚えていないようであった。

だが、彼らの話には、同じ人物と思われる名前が必ず出てくることが分かった。

話から判断すると、お祭りで知り合ったその人物と仲良くなって、二人で遊んだことが書かれている。

「その人物なんですけど……実は聞き覚えがある名前なんですよ。でも、彼であるはずがない」

何故なら自分の知っているその名前の少年は、大分昔に此の世を去ってしまったのだから、と大崎さんは言った。


「実害はないので、あまり心配するようなことでもないのかもしれませんが……」

何かおかしなことが彼らの身に起きてはいないだろうか。

そんな思いから、大崎さんは注意深く児童達を見守ることにした。

しかし、彼らに不審な現象が発生している様子はなかった。

「あとは……できることなら、作文の課題はもう出したくはないですね」

そういう問題じゃないのは分かっていますが、と彼は呟いた。

その理由を訊ねると、彼からはとんでもない回答を聞かされた。

「コレ、毎年なんですよ。毎年、起きていることなんですよ……」

驚くべきことにこの現象は、去年の夏まで数えると何と八年連続で起こっているとのことであった。

しかも、例の祭りは冬のみにあるのではなかった。夏でも催されていることから、どうやら季節を問わないものらしい。

勿論、歴代の児童達に関連性は一切ない。

「考えただけで、身体が震えるんですよ」

今年もまた、あの異常な祭りを体験する児童が現れるのであろうか。

今年もまた、あの人物と知り合いになる児童が現れ、一緒に遊んだ体験を語るのであろうか、と。

てるみずとへ

出勤途中の大村さんが満員電車の寿司詰め状態に耐えていると、妙な会話が耳に入ってきた。

「てるみずとへが出たのよ」

「マジで？」

「マジ死ぬとこだったよ」

「何で言うのよ！　ウチにも出たらどうしてくれるのよっ！」

残念ながらギチギチの車内で、身じろぎ一つするのも大変な状況である。

そのような訳で振り返って会話の主を確認することはできなかったが、どうやら付近の高校に通う女子高生のようであった。

特に意味のなさそうなこの会話に彼が注目したのは、「てるみずとへ」という言葉の響きのせいである。

何度も脳内で読んでみるが、ゲシュタルト崩壊するまでもなく、意味が全く分からない。

しかし、女子高生同士の会話はそのまま今日の小テストの話に移ってしまい、彼女達の会話でその後「てるみずとへ」が蒸し返されることはなかった。

後でググってみるか、と思ったものの、大村さんはそのまま「てるみずとへ」のことを忘れた。


再び同じ言葉を聞いたのは、その日の昼に立ち寄った立ち食い蕎麦屋の中である。

昼時ともあってか、店内は酷く混雑していた。

大村さんの左隣で、同世代らしきサラリーマン二人が蕎麦を手繰《たぐ》りながら話し込んでいる。

「あの、てるみずとへな、どうやら四丁目のほうが怪しいって聞いたんだよなァ」

「四丁目？　でもあそこは霊園があるから」

「だからって大丈夫ってことはないんじゃないのか？」

「いや、俺の聞いた話ではさ……」

話の途中でそのサラリーマン達との間にもう一組のサラリーマンが入り、声高に上司の悪口を始めたので、これ以上続きを聞くことはできなかった。

ちなみに霊園というのは何とかレーエンというふうに聞こえて、何とかの部分は聞き取れなかった。

何だか変な話である。意味が全く分からないことも当然ながら、いい年した連中が話す内容ではない気がしてならない。

ひょっとして、自分が知らないだけなのであろうか。

気になって気になって仕方がない。

大村さんは会社に戻ってすぐにネットで検索してみた。

が、そのような言葉は検索に引っかからず、水に関する雑多な記事と水菜の料理法に妙に詳しくなっただけであった。


二度あることは三度あるとはいうものの、本当にあるとは思いもしなかった。

その日の夕方頃、顧客とファミレスで打ち合わせているときであった。

ややこしい案件を説明していたにも拘わらず、全く集中できない。

何故なら、大村さん達の真後ろの席に座った子供連れの主婦達の会話が、気になって仕方がなかったからである。

「お通夜のときにね、例のてるみずとへが邪魔したせいで……」

「へえぇっ、だからお葬式でもお顔は見せてくれなかったんだ。何か変だと思ったのよ」

「ねっ。だから旦那さんも真っ青な顔してたでしょ」

説明に気が入っていないことが丸分かりだったのか、顧客は興味なさそうにスマホをいじっている。

慌てて取り繕うが、例の主婦達が連れてきた子供の一人が、物凄い勢いで自分達の近くで転ぶと、大泣きし始めた。

もう沢山だ。大村さんは心底辟易《へきえき》した。

てるみずとへの話はもう聞きたくなかった。

この界隈で流行っている都市伝承だか何だか知らないが、これではまるで彼自身が「てるみずとへ」に祟られているようではないか。

彼は顧客に平謝りすると、心の奥底から沸々と湧き出てくる怒りの感情を、どうにかして抑え込むことに集中した。


そして、その夜のことである。

仕事から帰ったばかりの大村さんが浴槽にお湯を張っているとき、ごぶり、といった奇妙な物音が風呂場の辺りから聞こえてくる。

初めは家鳴りかと思って気にもしなかったが、浴槽にお湯が溜まる音に混じって、幾度となく執拗《しつよう》に聞こえてくる。

大村さんは忍び足で浴室に近づくと、扉を一気に開け放った。

だが、狭い浴室には誰もいない。暫《しばら》くの間この場所に留まっていたが、不審な物音は何も聞こえてこない。

彼は小首を捻りながら浴室から出たが、その瞬間、タイミングを見計らったかのように、異音が鳴り響いた。

ごぶりっ、ごぶりっ、ごぶりっ。

一般的な家鳴りにあるような、乾いた音とは全く異なっている。まるで湿地帯から湧き出るガスが、泥土から発生する音のようであった。

気にはなったが、今夜だけは勘弁してほしかった。明日は早出しなければならなかったので、さっさと風呂に入って早めに眠りたかった。

しかし、彼のそんなささやかな願いを踏みにじるかのように、異音は鳴り続ける。

次第にその音が鳴る間隔も狭まっていき、心なしか音量までも大きくなった気すらしてくる。

ここまで続けば恐怖の感情が生まれてもおかしくはなかったが、今の彼にそんな余裕はない。

大村さんが改めて浴室のドアを開け放すと、案の定例の音も聞こえなくなってしまった。

気にも留めずに、蛇腹の風呂蓋を端のほうから開けていくと、もうもうと沸き立つ湯煙の中、何かが光ったような気がした。

両目を瞬いて、しっかりと目を凝らしてみる。

浴槽の中、半開きの蓋で影になっている辺りで、何者かが光を発していた。

大村さんが驚いた拍子に大声を張り上げたそのとき、浴槽に溜まったお湯の中から、ぷくりとした気体が沸いて出てきた。

浴槽の大部分を占めんばかりに大きなその泡が、ごぶりっ、と大音量を発しながら弾けて消えた。

それと同時に大村さんの目と鼻の粘膜に、粘り気を持った途轍もない臭気が一斉に付着した。

両目からは大量の涙が一気に溢れ出し、激臭の塊が鼻の奥底まで侵入してくる。

思わず膝を突いて噎《む》せていると、老女のような低い声で、ある言葉が聞こえてきた。

「……てるみずとへ……てるみずとへ……てるみずとへ」

その言葉を聞くなり、彼の意識は一気に急降下していった。

「ええ、これだけです」

恥ずかしそうに後頭部を掻きながら、大村さんは言った。

てるみずとへ。

この意味の通らない言葉に、一体何があるというのだろうか。

「もしかしたら、狙っていたのかもしれませんね」

満員電車の中や蕎麦屋、そしてファミレスで聞いたあの言葉。ひょっとしたら、誰かにあの言葉を聞かせる必要性があって、そのような場所であんな話をしていたのではないだろうか。

条件は分からない。

だが、大村さんは無理矢理それを聞かされ、そして被害に遭ってしまった。

「まあ、私の場合は大した被害はなかったんですが……」

大村さんはそう言って、更に奇妙な話をし始めた。

あの風呂場の件があってから、会社の同僚に何回か訊かれたことがあったのだという。

「……私、口走ってたようなんですよ。ええ、あの言葉を。当然、私にそんな覚えはないですけど」

大村さんは同僚との会話の間に、絶妙なタイミングであの言葉を差し込んでいたのであった。

「そんな訳でして。多分、ウチの会社の誰かに……」

現れたのかもしれませんね、例のアレが、と彼は小声で言った。

フラッシュバック

中秋らしく爽やかな風が心地よい、祝日の早朝であった。

右田さんは日課であるジョギングをしながら、いつもの大通りの交差点を北に向かおうとしていた。

歩行者信号が青になるまで、その場で足踏みし続ける。

もうじき信号が変わりそうなタイミングで、急に頭の中が真っ白になってしまった。

何が起きたのか全然分からずに足踏みをやめた途端、妙に鮮明な画像が脳裏に浮かび上がってきた。

まるで写真のような静止画が、次から次へと繰り出される。

その中で、自分は何故か車のハンドルを握っている。

目の前で怯えた表情をしている小さな男の子の視線が、確実にこちらを見つめている。

自分の運転している車が、その男の子に向かって接近していく。

男の子は逃げようとして身体を斜めに捩るが、どう考えても間に合わない。

そして、車体を通して伝わってくる、衝突の際に生じた強烈な振動。

更にタイヤが何か柔らかいものに乗り上げて、踏み潰していく厭な感触。

右田さんはその場でへたり込むと、暫くその場で茫然自失するほかなかった。

「あの交差点は、極力通らないことにしてるんです」

たまたまその日だけ何かと波長が合ったのであろうと思っていたが、翌日も同じような体験をしてしまうと、そうも言っていられない。

流石にあの場所を走る気などなくなってしまう。

「でも、私だけじゃなかったんですよ、あそこは」

どうやら彼のジョギング仲間でも、同様の目に遭ってしまってコースを変えた人が数人いたらしい。

「それで気になっちゃって。皆で行ったんですよ、近くの交番に」

彼らはそこで訊ねたらしい。あそこで事故か何かあったんじゃないのか、と。

その問いに対して、お巡りさんは心なしか笑みのようなものを浮かべながらこう言った。

「ああ、あそこですか？　最近、そういう質問多いんですよね」

結局、実際に事故があったのかどうかは、今でも分からない。

同居人

桜井さんは子供の頃、古びた一軒家で両親と三人で暮らしていた。

彼女が生まれてすぐに、両親が中古で購入した物件であった。

築数十年の木造家屋で、彼女は西側の三畳ほどの部屋に一人で寝ていた。

両親は愛情を表に出すようなタイプではなかったので、彼女が子供の頃から親に甘えたり、可愛がられた記憶はあまりない。

時折、桜井さんが眠っているときに、ふと人の気配を感じて目が覚めることがあった。

そんなときに瞼を開けると、暗い中に薄ぼんやりとした人影が必ずと言っていいほど彼女を見下ろしている。

彼女はそれを、父親だと思っていた。

世間の父親というものは、娘の寝顔を見にきたりするものではないだろうか。

実際そのことを父親に確かめたことはなかったのだが、彼女はそう考えていた。

父は自分のことが嫌いな訳じゃない。

きっと恥ずかしいだけなんだ、と思っていた。

その父が急病で亡くなったのは、彼女が小学四年生の頃である。

厳かに執り行われた父の葬儀の夜、夜中にふと目が覚めた。

重い瞼をそろりと開いてみると、人影が彼女の眠る布団を見下ろしていた。

〈ひょっとして、お父さん？〉

寝ぼけた頭で、ほんの一瞬そう思った。

しかし、すぐに気が付いた。そんなはずがある訳ない。

お父さんは亡くなったはず。

仕事中に心臓発作を起こして、死んでしまったはず。

急にはっきりと目が冴えて、じわりじわりと恐怖が這い寄ってくる。

〈お父さんなんかじゃなかったんだ！　お父さんなんかじゃなかったんだ！〉

妙に冴え渡った頭の中で、そんな考えが堂々巡りしていく。

だとしたら、この人影は一体誰なのか。

「……だ、誰？」

そう問い掛けると、人影がゆっくりと顔を近づけてきた。

目と鼻の先にあるにも拘わらず、その顔は真っ黒なままで、表情を窺い知ることはできない。

人影の両腕が、彼女の頸部にするりと伸びてきた。

その瞬間、息苦しさが猛烈な痛みへと変わっていく。

眼窩から眼球が飛び出しそうになり、頭が割れるように痛い。

「……た……た……た……す……け……て……」

か細い声を喉の奥から辛うじて絞り出した途端、彼女の意識は遠くなっていった。

翌朝になって、桜井さんは昨晩の出来事を母親に相談しようと何度も思ったが、どうしても言えなかった。

どう説明していいのか分からなかったし、母親が何かをしてくれるとは思えなかったからである。

とにかく、一端寝床に入ったら朝まで目を開けないように努めた。

確かに何者かに見下ろされているような視線を感じることは多々あった。

しかし、目さえ開けなければ実害がないことに気が付いたのである。

桜井さんが中学生になった頃、母親が再婚することになった。

それに伴い、今後のことも視野に入れて、長年住んだその家を建て替えることになった。

業者が入って古い家屋を壊してみると、その下に不思議な空間が発見された。

地下室、と言うほど立派なものではない。

だが、梁《はり》と漆喰《しっくい》の壁を備えた、かなり頑丈な造りである。

高さは一メートルしかなく、幅や長さも二メートルほどであったので、人が暮らせるスペースでないことは明らかであった。

地下収納かとも思ったが、どうやらそうでもなさそうである。

何かが収納されていた形跡もなかったし、そもそも家を壊さなければ出入りできない収納など聞いたこともない。

それを見た工事関係者達も、不思議そうに盛んに首を捻っていた。

ちなみにその地下室は、桜井さんが一人で寝ていた、西側の三畳ほどの部屋の真下に位置する。

格安物件

大学生の透君は、バイト先が変わったことをきっかけに、格安のアパートを借りることにした。

安い割には近くにコンビニやスーパーがあって、駅からもそんなに遠くない。


ある日のこと。

自宅でいつも連《つる》んでいる友人と、対戦ゲームをしていたとき。

負けが込んできてあまり集中できなくなったのか、その友人が話をし始めた。

「こないだな、借りたゲームを返しにお前ん家に寄ったんだけど、さ」

ああ、そういえば面白くもないゲームソフトを貸していたっけ、などと透君は思い出した。

「チャイム鳴らしても出ないから、さ。オレ、諦めて帰ろうとしたんだよね」

ふーん、そんなことがあったんだ、全然知らなかった。それで、と透君は友人を促してみる。

「そこの磨りガラスを通してさ、長い髪をした女の姿が見えたんだよね。女でも呼んで、料理でも作ってもらってたんだな。悪かったな」

などと言いながら、その友人は小さな台所の前にある窓ガラスを指さしている。

「お前、何言ってるんだよ。オレんとこに女なんて来る訳がないだろ？　馬鹿にしてんのか、お前」

そう言いながらゲームを再戦しようとしたが、どうやら隣で座っている友人に異変が生じた模様であった。

彼はいきなり真面目な顔つきになると、強い口調で言った。

「そんな訳ないだろ！　変な嘘吐くんじゃねえよ！　な、な、嘘だろっ！」

透君は少々面食らいながらも頑なに否定していると、紅潮していたはずの友人の頬から赤みがすっと消え失せて、いつしか真っ青な顔色になってしまった。

そして暫くの間、二人は一言もしゃべらず、お互いを見つめていた。

「……オレ、今日は帰るわ。じゃあ、な」

そう言いながら、友人は逃げ出すように部屋から出ていってしまった。

初めのうちは〈アイツ、どっか悪いんじゃねえのか〉などと考えていたが、どうにもそうではないような気がしてならない。

よくよく考えてみると、ここに引っ越してきてから、おかしなことが続いている。

この部屋で生活していると、誰もいないはずなのに誰かの視線を感じることがある。

また、モノの位置が微妙に変わっているような気もする。

もしかしたら、ヤバい部屋に住んでいるのかもしれない、と透君は不安に思い始めた。


これらの怪奇現象が起き始めた頃、私は知人の紹介で透君とメールのやりとりを始めた。

暫くの間連絡を取り合っていたが、次第にメールの内容に異変が生じていった。

「昨日の風味とみすす?」

「ここかラ数奇じったら、濃っ目不悉き?」

などといった内容ばかりで意味が全く理解できず、何を言いたいのかさっぱり分からなくなってしまったのである。

そしてあるとき、このようなメールが来た。

「分かりました。全て、です」

この暫くぶりの比較的まともなメールを最後に、透君とは完全に連絡が取れなくなってしまった。

紹介してくれた知人に連絡して、彼の安否を確認してもらおうとしたのだが、残念ながら知人も彼を探している状態であった。

透君からのメールの内容はその後暫くはパソコンに保存してあったが、ＨＤＤがクラッシュしてその全てが消え失せてしまった。

曰く

再就職先の都合上、古川さんは実家を出て会社の近くにあるアパートを探していた。

駅前の不動産屋で話を訊いてみると、是非とも住みたい物件は山ほどあったが、いずれも諦めざるを得ない賃料であった。

「あの辺りの相場としては六万円程度なんですけど。自分的にはこれ以上は逆さにしても出せなかったんで」

そう言いながら彼は、掌を突き出すと、親指以外の指をぱっと開いて見せた。

「当然暫く住む場所ですから。トイレと風呂が共同なんて奴は絶対に嫌でしたね」

相場に比べて二万円以上も安く、そしてトイレとバスが付いている物件となると、探すのに相当苦労したと思われる。

彼に向かってそう言うと、薄笑いを浮かべながら答えた。

「いやいやいや。それがすぐに見つかったんですけどね……」

何故かしょっぱい顔つきで、子供のように口を尖らせながら彼は語り始めた。

「最初だけですね。喜んでいたのは」

初めのうちは笑いが止まらなかった。決して広くはなかったが、こんなに良い物件に住むことになるとは、古川さんは考えもしなかった。

築四年程度の洒落た外観と間取りで、トイレとバスも別に設置してある。これで四万円、しかもお釣りまで来るとは。

彼は二週間後に控えた初出勤に備えて、必要な物を買い揃えていった。

勿論、家具類や電化製品の新品を買う余裕はないので、全て中古ショップかフリーマーケットがお目当てであった。

少しずつ家具類や寝具、電化製品も揃ってきたし、出勤用のスーツも思ったより安く入手することができた。

そんなとき、彼は微かな異変に気が付いた。

洗面所の排水口がやたらめったら詰まるのである。

我慢できなくなって、百均でブラシの付いたワイヤーを購入してきた。

そしてそいつを排水口へと突っ込むと、力任せに掃除し始めた。

S字トラップに差し掛かった辺りが怪しい。

ワイヤーを通して感じられる柔らかい感触に慄きながら、それらがブラシにゴッソリと絡み付いた手応えを得て、ゆっくりと引き上げた。

それは、長い髪の毛の塊であった。しかも、所々溶けており、明らかに腐敗していた。

あっという間に、圧倒的な腐乱臭が小部屋に充満し、彼は思わず嘔吐《えず》き始めた。

どうにかして吐かずにやり過ごすと、腐った長い髪の束をスーパーのポリ袋に入れて、すぐに近くのコンビニのゴミ箱へと捨ててしまった。

臭いの元がなくなったせいかあの強烈な臭いは消え去り、排水口の詰まりも解消して一安心——したまではよかった。

だが翌日になると、再び同じ箇所が詰まってしまう。

すぐに掃除をしたところ、またしても腐った長い髪の毛がゴッソリ取れるのだ。

そのようなことが数回続いた辺りで、鈍感な彼もこの異常さに気が付いた。

自分の髪の毛は三十代の頃から抜け始めてもう殆ど残っていない。つまり、自分の髪ではない。

しかも自分一人しか住んでいないこの部屋で、何処からあんな長い髪が生み出されるのであろうか。

そしてある朝、洗面器の上部に位置するオーバーフロー穴と呼ばれる部分にまで、腐敗臭のする長髪の束が挟まっていることを発見してしまった。

騙し騙し使用していたが、もう限界であった、彼は洗面所の使用を諦めて、立ち入り禁止とすることにした。

その日から、信じられないような出来事が雪崩のように次々と起き始めた。

今度は例の立ち入り禁止の小部屋から、女のすすり泣きが聞こえるようになったのである。

その泣き声が聞こえてくるときは、前兆があった。

「まるでサンドバッグに拳を叩き込むような、鈍い音が……」

そのような音が二、三発鳴ったかと思うと、直後に必ず聞こえてくるのだ。

その陰鬱《いんうつ》さと言ったら、到底言葉にすることはできない。本人曰く、「まるで聴いたら死にたくなると言われている曲を聴かされたとき」のような、重苦しく辛い気分に襲われるのだ。

「勿論、これだけじゃないですよ。あと……」

夜中に寝ていると、テレビが置かれている方向の壁が、何者かによってガンガン叩かれるらしかった。

「そう、眠気なんてぶっ飛ぶくらいに。まるで枕にしていた丸太を、大槌で叩かれるような、そんな感じですよ」

身振り手振りを交え、古川さんは口角泡を飛ばしながら熱心に説明し続ける。

「そりゃ慌てて外に出ますよ。だってそんなことされたら文句だけじゃ済まないですよ。でも……」

叩かれた壁が位置しているところに、住人はいないのであった。つまり、彼が住んでいる部屋は三階の角部屋だったので、そこを叩く者が存在することがそもそも疑わしかった。

「あとは……変なものも見ましたね。毎日ではないですけど」

夜になって会社から帰宅して部屋に入ると、見知らぬ親子連れが暗闇の中で俯きながら立っている。窓の外から侵入してくる仄かな街灯に照らされて、髪の長い母親。その傍らには、四、五歳程度の女の子が柳のように細い腕をぬっと突き上げて、母親らしき女の細腕にしがみ付いている。

その姿を初めて見つけたとき、あまりの驚きで声が一切出なかった。逃げ出そうにも足がぴくりと動かず、どうしようもなかったのである。

次第に、俯き加減だった親子の顔がゆっくりと上がっていく。決して見たくはなかったが、目を背けようにも身体が言うことを聞かない。

もうすぐ二人の顔とまっすぐに対峙する——と思われたとき、例のサンドバッグを叩く音が辺りに響き渡り、それと同時に二人の姿も消えてしまった。

それと同時に、彼は身体の自由を取り戻す。これが常であった。

「人間、不思議なもんでね。あんな状態でも次第に慣れてくるんですよ。ああ、またかなんて思ったりして。でも……」

間もなく、古川さんの身体にある異変が起き始めた。

それは、強烈な吐き気であった。しかも催すだけで、中身は唾しか出てこない。医者に診てもらっても、一向に良くならない。そんな状態で朝から晩まで、いつ襲ってくるかも分からない嘔吐感に怯えながら日常生活を送っていくのは、相当に無理がある。

ある朝、決して慣れることのない日常になりつつある嘔吐感に襲われたとき、彼は思いきって右手の人差し指と中指を喉の奥に突っ込んだ。

その瞬間、物凄い音を立てながら、大量の黒い塊が食道を通って喉の奥から排出された。

途端、信じられないような悪臭が部屋に充満する。

胃液の混じった吐瀉物《としゃぶつ》の臭いに混じって、強烈な腐乱臭が漂ったかと思うと、涙と鼻水が止めどなく溢れ出てくる。

滲んだ両目で恐る恐る自分の吐瀉物に視線を移すと、そこには大量の長い髪の毛が束になって転がっていた。

「いやあ、なかなか見つからないですね。同じようなアパートって」

そう呟きながら、古川さんは小さな溜め息を一つ吐いた。

しかし、このままでは危ないんじゃないでしょうかと言うと、彼は頭を振った。

「あの部屋はね、安くていい物件なんですよ。でも、そこにたまたま悪いモノが混じってしまったんじゃないかって」

彼が言うには、あの部屋自体に問題はない。不動産屋も決して事故物件ではないと言っていた。

ということは、中古で買ってきた何かが悪さをしているんじゃないのか、ということであった。

だとしたら、片っ端からモノを売るか捨てるかして手放さなきゃいけませんね、と彼に言うと、俯き加減になりながら独り言のように呟いた。

「それができないから、困ってるんだよな」

驚くべきことに、古川さんはあのアパートに今でも住み続けている。

引っ越し当初に揃えた調度品は、今はほぼ残っていない。

しかし、怪異は未だに続いている。

メッセージ

井上さんは特別養護老人ホーム、所謂特養で介護士として働いている。

一応、正社員待遇の勤務形態であったが、実際はほぼ奴隷のような扱いである——と彼は言った。

「サービス残業は酷いし、休みの日にいきなり呼び出されるなんて日常茶飯事ですよ」

それでも、彼は転職という選択肢を考えたことは一切なかった。

「何ででしょうね。まともな生活ができるような給料じゃないんですが。それでも……」

利用者の方にお礼を言われることが、彼の唯一とも言える原動力になっていた。

企業側はそのような善人の承認欲求を利用して低賃金で働かせているに過ぎないのかもしれないが、本人が満足しているのだからこれ以上は何も言うことはない。

とにかく、そんな井上さんが職場で体験した話である。

その日は連日の夜勤明けで、心身ともに疲れ切っていた。

それでもいつものように笑顔で入居者に対応していたとき、施設長から呼び出されて、ある知らせを受けた。

「母がね、亡くなったんですよ」

宅食の仕事をしている井上さんの母親は、配達中にスピードを出し過ぎて電信柱にぶつかった。即死であった。

その日は仕事の疲れから苛々していたため、些細なことで母親と喧嘩をしてしまい、彼女に対して暴言を放っていた。

結局、それが母親に対する最後の言葉になってしまった訳である。

井上さんはその日初めて、職場を早退した。

自分の言動が悔やまれて、正常な精神状態を保つことができなくなってしまったからである。

お通夜を終えて、小規模な家族葬を行った。

その間も井上さんは職場を休むことなく出勤し続けていた。

だが、彼の心の中には重苦しい感情がどんよりと居座り続けていた。

何故あんなことを口走ってしまったのか。女手一つで自分を育ててくれたのにも拘わらず、どうしてあんなことを……。

無我夢中で働けば気が紛れるかとも思ったが、そのように上手くいくはずもなかった。

そして、彼の精神状態は悪化の一途を辿っていく。

鬱病の初期症状を見せながらも、彼は必死に働き続けた。

ある日のこと。

とあるお爺さんの排便の介助を行っているときに、お爺さんの表情ががらりと変わった。

今までの生気を失った無表情さが一瞬で消えてなくなって、柔らかい優しさに包まれた、美しいほどの笑顔になったのである。

そして、さっきまでの嗄《しゃが》れ声ではなく、鈴を転がすような懐かしい女性の声で、彼は言った。

「あのことは気にしていないから、ね。本当だよ」

その瞬間、井上さんの身体から一気に力が抜けてしまった。

この声を聞き間違えるはずはなかった。自分の唯一の家族であった、母親の声に間違いない。

息子から暴言を吐かれたまま、遠くへ旅立ってしまった、彼女の声である。

「あとね。もう、がんばらなくていいからね。時には逃げたっていいんだから、ね」

意図せずに涙腺が崩壊し、人目を構わず彼は号泣し始めた。

落ち着いてからお爺さんに話しかけてみたが、彼の表情からは生気が既に失われており、何を訊ねても分からないようであった。

それから間もなく、そのお爺さんは亡くなってしまった。

そして数カ月後、ある入居者の男性の入浴介助をしていたとき。

彼の口から、またしても母親の声が聞こえてきたのである。

内容は全く同じで、前回同様優しさに包まれていた。

勿論、これら二人に関連性は一切ない。

井上さんは現在、都内の不動産会社で勤務している。

前の職場とは比べものにならないほど、全ての面で待遇が良くなり、そのおかげで来月には新しい家族が誕生する予定である。

隠れ鬼

飯塚さんが小学生の頃、従姉妹のゆみちゃん宅で遊んだときの話である。

ゆみちゃんの家は本家に当たり、近くに住んでいる同い年の飯塚さんとは仲が良かった。

それ故、お互いの家で遊ぶことが比較的多かった。


いつもは二人きりで遊んでいたが、その日は何故か大人数が揃っていた。

誰かの友人が集まったのか、はたまた親戚が集まったのか忘れてしまったが、とにかくいつもとは違っていた。

二人っきりで静かに遊ぶのも好きではあったが、たまには大勢で大声を出して遊びたかった。

ところが、外は生憎《あいにく》の雨模様。外で遊ぶことができない以上、家の中で遊ぶほかなかった。

そういった訳で、皆でかくれんぼをしようということになった。

このとき、家の中に大人は一人もいなかった。何かの用事があったのか、皆出払っていたのだ。

小学生と言っても高学年になろうかとしていたので、本来はかくれんぼをして遊ぶような年齢ではなかった。

しかしやってみると、古くて大きな家は隠れるところもずば抜けて多かったし、物珍しさも手伝って妙に楽しかった。

日本家屋だったので家具調度品の類いはそれほど多くなかったが、一目には分かりづらい暗がりや物入れがそこら中にあって、隠れる場所には事欠かない。

間取りも独特であった。年数の経った家屋に少し無理な改築を幾つか施していたため、用途の分からない奇妙な行き止まりがあったり、関連のなさそうな場所がいきなり繋がっていたりして、慣れていない人からしてみたら迷路のように感じられるかもしれない。

飯塚さんはこの家に慣れていたので最初はなかなか見つからなかったが、他の子供達もほんの数回程度遊んだだけで、皆この家に慣れてしまい、とうとう彼女が鬼になる番が来てしまった。

最初は皆おっかなびっくり座敷の周辺だけで申し訳程度に隠れていた子達が、ほんの少し慣れてきただけで次第に大胆になっていったのであろう。恐らくは奥座敷とか仏間とか、普段だったら絶対に入り込まないような所に隠れているに違いない。

しかし何故か、何処をどう探しても誰も見つけることができずに、時間だけが過ぎていく。

彼女は疲れ果ててしまった。全く見つけられる気がしない。

飯塚さんにとっては勝手知ったる他人の家であったが、人の姿が全く見当たらない家の中は、妙に不気味であった。

しかしながら、其処彼処《そこかしこ》に誰かの気配は感じることができるし、時折含み笑いのような声が聞こえてくることがあって、何とも言えない気分になってしまう。

彼女は足音を立てないように気を付けながら、摺り足で家の中を歩き回った。

玄関の隣に位置する居間に入った辺りで、そこにある柱時計がぼーん、ぼーんと陰気な鐘を鳴らして、夕方の四時を告げた。

それを聞くなり、彼女は何故か全身に冷や水を浴びせられたかのようにぎくりとして、ふと立ち止まった。

家の中に漂っている空気が、先程までとは明らかに異なっている。

まるで洞窟の奥に入り込んでしまったかの如く、妙に息苦しい。気温すら極端に下がっているように思えてならない。

さっきまでは確実に感じることができた人の気配も、今や一切消え去ってしまった。

彼女の心の中で、どうしようもない不安感だけがその存在感を大きくしていく。

どうしよう。どうしよう。どうしよう。怖い。怖い。怖い。

泣きそうになる自分をどうにかして抑えながら右往左往していたとき。

りんごぉーん、りんごぉーん、と異様に重々しい呼び鈴の音が辺りに鳴り響いた。

このとき、どうして即座に呼び鈴と分かったのかは不明である。飯塚さんは何度もこの家を訪れたことがあったが、玄関の呼び鈴の音を聞いたことは今までなかった。しかし、このときは何故か、呼び鈴が鳴ったとしか思えなかったのである。

当時の農家としてはごく当たり前のことだったが、基本的に日中玄関の鍵は施錠されていなかった。

近所の人が訪ねてきたときは庭から縁側に回ったり、玄関の硝子戸を開けながら声掛けするのが常だったからだ。

彼女は酷く怯えながらも、玄関先まで行くべきかどうか悩んでいた。

しかし呼び鈴の音に驚きすぎたのか、自分の全身が萎縮してしまい、上手く反応しないことに気が付いてしまった。

ぎこちない動きのまま、彼女はどこか自分の隠れられる場所はないかと、視線をあちらこちらに動かした。

その目が、玄関の端に置かれている大きな用具入れを捉えた。

あそこの脇だったら玄関先からは見え難いに違いない。

彼女はぎこちない動きのまま這い蹲《つくば》りながら、その用具入れの陰に身を隠すことにしたのである。

そこに隠れてやり過ごそうと思っていると、玄関の引き戸がからからと音を立てて開き始めた。

開いた引き戸から、牛蒡《ごぼう》のように痩せこけた腕がぬっと出てきた。その皮膚はカサカサに乾ききっており、皮膚片が今にも剥がれ落ちそうな状態であった。

そして、その細い腕の先には、お盆のときに使用するお迎え提灯のようなものがぶら下がっている。

「……ごめんください」

その小さな声の調子から、男女の区別は付かなかった。かなり嗄れてはいたが、ひょっとしたら女性の声なのかもしれない。

飯塚さんは用具入れの陰で、見つからないように息を潜めた。

提灯を持った人物が、緩慢な動きでその全身を見せ始めたとき、その姿に彼女は思わず固唾を飲んだ。

全身の殆どが、薄茶色に汚れた包帯でぐるぐる巻きになっている。そして、包帯を巻いていないのは両腕だけといった異様な出立ちであったのだ。

飯塚さんが我が目を疑っているとき、玄関正面の階段から、とんとんとんとん、と誰かが下りてくる音が聞こえてきた。

その瞬間、彼女はあまりの怖さで大声を出しそうになってしまった。

何故なら、彼女は知っていたのである。あの玄関にある階段は、実は何処にも繋がっていない、ということを。

梯子段みたいなものはあるが、上には頑丈な板が釘で打ち付けてあって、何人たりとも登れないようになっている、よく分からない空間なのである。

それに今は、誰一人として大人は家の中にいないはずである。

もしかして自分の知らないうちにおばさんが帰ってきたのかなと思ったけれど、下りてきた人の様子を見る限り、それは決しておばさんではない。

白地に撫子の柄の浴衣を着ており、大人にしか思えない体躯にも拘わらず、まるで子供のような桃色の兵児帯《へこおび》をひらひらと締めている。

この家には何度も来たことがあるが、こんなおかしな人には断じて会ったことがない。

長い髪を一つに縛って手拭いを被っているようであったが、飯塚さんの隠れている位置からは顔がよく見えない。

階段から下りてきた女は、玄関先に佇む提灯を持った異様な風体の人物に特別驚くこともなく、ごく当たり前のように裸足で土間に下りてきた。

そして二人は何やら、小さな声で密談を始めたのである。

彼らは小声で話しているつもりなのであろうが、その近くに隠れている飯塚さんにはよく聞こえた。

一部聞き取れない部分もあるにはあったが、ざっとこのような話である。

包帯を身体に巻いている人物が、今日が連れていく約束の日だったはずと、相手を責めている。

浴衣のほうの女は、あれこれ理由を付けてはぐらかしているようだ。

そうだったかねぇとか、別に今日じゃなくってもねぇ、などとあからさまに逃げ腰の対応である。

包帯のほうは段々と苛々し始めたようで、それを見計らったかのように、浴衣の女が小狡《ずる》そうにこう切り出した。

「別にゆみじゃなくたっていいんだろう？　丁度今日はここに飯塚の末娘が来てるから……」

隠れていた飯塚さんは、その言葉を聞くなり目の前が真っ暗になった。

飯塚の末娘とは、どう考えても自分のことではないのか。

身体中の血の気が引いていき、冷水でも浴びせられたかのように顔は青ざめ、唇は紫色に変色していた。

そして気持ちが荒ぶるあまり、思わず声が出てしまった。

「やだやだ！　ずるい、ずるいよ！　ゆみちゃんにして！　約束はゆみちゃんなんでしょっ！　ゆみちゃんにしてよっ！」

玄関先にいた二人の人物が、揃ってこちらに顔を向けた。

浴衣の女の顔を直に見た途端、彼女は足下に奈落が開いたかのように慄いた。

その女の顔には白塗りの厚化粧が施されており、見事なまでの引眉であった。

そして気持ちだけ開いた唇からは、お歯黒が垣間見えている。

何処からどう見ても、能楽などで使用される女面にしか見えなかった。

その、まるで血の通っていない能面の口角が、一気に耳の辺りまで引き上がった。

それを見るなり飯塚さんは大声を張り上げ、絶叫したまま座敷に駆け戻っていった。


どれくらい時間が経過したのか、分からない。

呆けた状態のまま座敷で一人ぼんやりしていたところに、探しに来ないのを不審がった友達が隠れ場所から出てきて、かくれんぼはお開きになった。

隠れた子供達は順々に出てきたけれど、一人だけ幾ら探しても出てこなかった。

「最後はねぇ。警察や近所の大人達まで加わって必死に探したんだけれども、結局ゆみちゃんは見つからなかったんですよ」

辛い記憶を呼び起こさせてしまったのか、飯塚さんは目に涙を溜めながら語った。

なお、後に事情を訊かれた友達の一人が、こう証言している。

「ゆみちゃんは奥の座敷に入っていきました。そして、仏壇の下の戸棚にしゃがんで、中から扉を閉めました。私は仕方なくその座敷の前の廊下の押し入れに隠れました」

その子は、友人達がかくれんぼの終了を告げに来るまで、その廊下を通ったものは一人もいなかったと頑なに主張した。

ちなみに、仏間に繋がっているのはその廊下のみである。

仏間の窓は平素より雨戸を締め切っていたらしく、その雨戸には最近動かした形跡が微塵もなかった。

飯塚さんは、捜索の手伝いに来ていた何処かのお爺さんが、誰かに話していたことを鮮明に覚えている。

「ああ、この家じゃあなあ。ゴイタイも見つからんだろうなぁ」

初めはゴイタイの意味が分からなかったが、後になってその意味を〈御遺体〉と理解したとき、改めて身体の震えを感じた。

ゆみちゃんは一体何処に行ってしまったのか、今ではもう知る由もない。

あの包帯の人物に連れられて、ゆみちゃんは何処か知らない土地へ連れていかれたのであろうか。

今からもう、五十年以上も昔の話である。

ドールハウス

利根さんは遠い目をして、過去の記憶を順々に紐解きながら、語り始めた。

「確か、小学校に入る前だったと思うんですけど。当時はやっちゃんという子とよく遊んでいて……」

彼女は御近所さんである、やっちゃんの家に行って遊ぶのが大好きだった。

何故なら、やっちゃんの家は近所でも指折りの豪農で、相当に古いけれども物凄く立派な広い家に住んでいたからである。

「もう、ウチとは大違い」

利根さんの家は文化住宅と呼ばれるもので、彼女曰くちっとも面白くなかったらしい。

それに比べてやっちゃんの家は、まるでテレビの中でしか見られないような夢の存在であった。

だだっ広い縁側があったり、飾ってあるものだって見たこともないものばかりであった。

しかも、同じ敷地内には大きな蔵もある。

「どれもこれも、珍しいものばっかり。その中でも私の一番のお気に入りは……」

納戸の奥のほうにひっそりと置かれた、ドールハウスのようなものであった。

「ここだけはねぇ、ホントは入っちゃいけないんだ」

そう言いながら、やっちゃんがあるとき、こっそりと見せてくれたものだった。

重そうな片開きの扉の奥に、それは鎮座していた。

それを見た瞬間、全身に電流が走ったのを今でも覚えている、と利根さんは言う。

「瓜二つだったんですよ。やっちゃん家の表座敷と」

中は二間続きの座敷になっていて、床の間に掛けられた恐ろしい女の顔が描かれた掛け軸なども、精巧に再現されている。

これだけ見ても、明らかに市販されているハウスではなかった。自分の両手を広げたくらいの幅がある、ここの家と同じような作りであると言えば、特別に作らせた高級品であることは誰にだって理解できる。

「ホントにすごかったんですよ。特にびっくりしたのは」

床の間の前の造りであった。そこには立派な座布団が敷いてあって、お膳が一つ置かれてあった。

そのお膳の中に配置された食器類が実に美しい。

それらはとても小さいけれど、非常に精巧にできており、その美しさはこのハウスの中でも一際映えていた。

利根さんは、このドールハウスにすっかり夢中になってしまった。

こんなに素敵なものがあるのに、やっちゃんはどうしてこれで遊ばないんだろうと、彼女は不思議に思った。

けれども、よくよく考えたらこのドールハウスは自分の部屋に持って行って遊ぶには、あまりにも大きすぎる。

そもそも、この納戸は子供が入っちゃいけない訳だから、そんなことはできるはずがない、と子供心にそう思っていた。


それから暫く経った、ある日のこと。

利根さんは相変わらず、やっちゃんの家で遊んでいた。

すると彼女がいるにも拘わらず、やっちゃんは「ちょっとノート買ってくるから、留守番お願い」などと言って、あっという間に外出してしまった。

先程までいた家の人も、田んぼに用があるとかで、今はいない。

つまり、この大きな家には今現在、自分しかいないのであった。

彼女の中で、良くない考えがむくむくと大きくなっていった。

誰もいないにも拘わらず、彼女は物音を立てないように注意しながら、忍び足でやっちゃんの部屋を抜け出した。

お目当ては勿論、例の納戸であった。

やっちゃんや家の人がいる限り、あそこには近づくことすらできないと、彼女は理解していた。

やっちゃんにお願いすれば少しくらいは見せてくれるかもしれないが、正直言ってそれだけでは不足であった。

早まる鼓動を胸に感じながら、彼女は納戸の前まで辿り着いた。

そして、木の引き戸をそっと開けてみる。

そこには雑多な調度品とは一線を画している、あの素敵なドールハウスが置いてあった。

こんな機会は滅多に訪れないことは、幼い彼女にも充分理解できる。

まず最初に、少しだけ離れた状態のまま、ハウスの全体像をゆっくりと眺めてみた。

相変わらずやっちゃん家の座敷と同じとしか思えなかった。心なしか傷や汚れすら、完璧に再現されているような感覚に陥ってしまう。

次に、前回は見ることができなかった、細部についてもじっくりと観察してみる。

二間を隔てる襖には、所々金箔をあしらったかのような梅の絵が精緻な筆でしっかりと描かれている。

そして、床の間の掛け軸に視線を移す。恐らく水墨画なのであろう。本物と同様に怖い女性の顔が描かれている。

次に目を遣った欄間の彫刻には、梅の枝に留まった鶯《うぐいす》っぽい鳥が彫ってあり、これがまた目眩《めまい》がするほど美しかった。

いずれも現実に存在するものであったが、それをミニチュアサイズにするだけで、ここまで心惹かれるとは考えもしなかった。

その後は、やっぱり、一番のお気に入りに目がいってしまう。

改めて見るお膳の上の食器はどれもこれも美しかったが、彼女の心はある一つのものに奪われてしまった。

それは、塗り物に交じって一つだけあるお茶碗であった。

ここまで小さいのにも拘わらず本物の瀬戸物にしか見えない。そして、その薄桃色の肌が何とも言えない美しさで、この上なく清らかなものに見えた。

ここで利根さんの心に、またしても良くない考えが芽生えてしまった。

どうしても、このお茶碗が欲しくて欲しくて堪らなくなった。

そこで彼女は、自分の行為を正当化するべく、無意識で理由付けを行った。

「私のリカちゃん人形にぴったりじゃない？　なんて考えちゃって……」

よくよく考えてみれば、このような和風の食器が彼女の持っているリカちゃんハウスに似合う訳がない。

しかしそれほどまでに、彼女の欲求が抗い難いものであった。

彼女は辺りを見回しながら、こう思った。

今なら誰もいないし、こんな小さな食器一つがなくなったとしても、誰も気付かないのではないのか、と。

ほんの僅かな逡巡を経て、彼女は薄桃色の茶碗をハンカチに包んで、そっとポケットの中に入れた。

そして、またしても辺りを見渡してから、そっと納戸の扉を閉めた瞬間。

納戸の扉が内側からドンっとすごい勢いで叩かれた。

慌てて引き手にあった自分の右手を、咄嗟《とっさ》に引っ込める。

下腹の辺りがきゅーんと差し込み、心臓の鼓動がより一層激しさを増していく。

幾ら広い納戸とは言っても、中に誰もいないことぐらいよく分かっている。

一体、誰が扉を叩いているのであろうか。

そして、どうしてなのか。

どうして、あんなに激しく扉を叩いているのか。

扉は相変わらずドン、ドン、ドンと続け様に叩かれている。勿論、扉を開いて中を確認する勇気などあるはずもない。

頭の中で、様々な怪物が姿を現し始め、恐怖心のみが募っていく。

そして今にも何かが飛び出してくるような気がして、彼女は未だに揺れ続ける扉を真正面に見ながら、後ろ向きに歩いて納戸から遠ざかろうとした。

玄関わきの廊下まで後退したところで、折良くやっちゃんが買い物から帰ってきた。

扉をどんどん叩いている音はまだ続いていたが、どうした訳かやっちゃんには一切聞こえていないようであった。

「おっかしいー！　何後ろ歩きしてんのアンタ」

と指をさされながら笑われたが、そんなことはどうでも良かった。

利根さんは急用を思い出したとか何とか適当な言い訳をすると、やっちゃんの家から急いで逃げ出した。

早足で玄関を飛び出し、重厚な門を通り抜けた瞬間、後方からけたたましい轟音が響き渡った。

まるで家全体が崩壊したかのような物凄い大音声であった。

彼女は飛び上がらんばかりに驚いて、慌てて後ろを振り返って見た。

しかし、やっちゃんの家は別に何ともなっていない。

彼女は早足の速度を上げると、急いで自宅へと向かっていった。

早く家に辿り着きたい。でも走ったりすると、余計怖いような気がするから、早足になるしかない。

けれど、それでも誰かに追い掛けられているような気がしてならない。

誰も追い掛けてくるはずがないなんて頭では理解しているけれど、何故か後ろを振り返ることだけはできそうもない。

早く。早く。早く。早く、帰りたい。

それだけを願いつつ、早足を続けている。

次の角を曲がれば、漸く家が見えてくる。

息が切れそうになりながら、やっとのことで玄関先まで到着することができた。

安堵してその場で立ち止まると、両膝に手を乗せて、暫くの間肩で息をし続ける。

呼吸も徐々に落ち着きを取り戻していき、利根さんは一安心したせいか、何げない気持ちで後ろを振り返った。

その目の前に、足があった。

まるで影のように真っ黒な二本の足だけが、しっかりと立っていた。

股関節から切り取ったかのようなその両足は裸足のまま、微動だにせず、ただひっそりと佇んでいる。

あまりの恐怖心からかか細い悲鳴すら上げることができなくて、彼女はその場でへたへたと崩れ落ちた。

そのとき、両方の膝蓋《しつがい》が、小刻みに震え動いた。

その動きを見た瞬間、利根さんの意識は何処までも深く堕ちていった。

「それからは、ホント。あっという間でした」

利根さんは罪悪感と恐怖心からか、やっちゃんの家へ遊びに行かなくなってしまった。

やっちゃんとは相変わらず遊んでいたが、以前ほど頻繁ではなくなった。

彼女はやがて新しい友達と遊ぶようになっていき、次第にやっちゃんと会わなくなっていった。

そしてその年の内に、やっちゃんの家は没落してしまった。

やっちゃんの父親が相場で失敗をしたとかで、あの立派な家も田んぼも全て売却して、家族皆で何処かへ引っ越してしまった。

いきなり友達が連絡先も告げずにいなくなってしまって利根さんは驚いたが、既にあまり会わなくなっていたこともあって、忘れるまでそう時間は掛からなかった。

あの薄桃色の茶碗は、暫く彼女の小物入れの中に転がっていた。

やがて彼女がそれに対する興味を失ってしまってからは、いつの間にかなくなってしまったということである。

昭和五十八年の家

おおよそ二年前、路子さんの叔母が亡くなった。

死因は交通事故であった。

「……実は叔母さんとは大分前から疎遠になっていたんですけどね」

路子さんがまだ小さい頃、彼女の母親と叔母は盛大な姉妹喧嘩をしたらしい。

それ以来、冠婚葬祭のときですら片方が出席すればもう片方は欠席する、といった有様であった。

お互いに他人以下の関係ではあったが、実の妹が亡くなった訳である。

唯一の近親者であった彼女の母親に連絡が来たのも当然と言える。

「口では酷いことを言っても、内心は違っていたのかもしれません。その証拠に……」

絶縁していたにも拘わらず、路子の母は相続放棄はせず、叔母の財産を処分することにしたのである。

叔母の財産は所有していた一軒家ぐらいで、貯金等は一切なく、保険の類いに加入していた形跡もなかった。

簡素ながらも一応葬儀をして、一軒家は処分することにした。

しかし、叔母が残していた借金や、家屋の取り壊し費用等が結構な金額になってしまった。

将来的にこの土地が売れたとしても、恐らく収支はマイナスになるであろうと思われた。

このことから、相続放棄をしなかったのは、母親なりの愛情もしくは責任感だったのだろうと路子さんは言う。


葬儀に始まる煩雑な手続きは、路子さんの母親が全て一人で行った。

その心労が祟ったのか、叔母の家に解体業者が入る直前には、過労で入院してしまった。

ひょっとしたら自分が引き継がなければならないのかと、気が重い状況が続いていた。

そして、解体業者が入る前日に、彼女の携帯電話が鳴った。

ディスプレイには、知らない番号が表示されている。

不審そうに電話に出ると、やつれ果てた母親の声が聞こえてきた。

「……あのねぇ、みっちゃん……」

叔母の家の居間に、古い和箪笥がある。

その二段目の引き出しに、薄紫の風呂敷包みが入っているから、それを持ってきてほしいとのことであった。

「いい、大事に扱ってね。絶対に開けては駄目だから、ね……」

電波状態が悪いのか時折酷い雑音が入って、かなり聞き取りづらかったが、概ねそんな内容であった。

勿論、ここである疑問が生じた。

三十年近くも絶縁状態だったのに、どうしてそんなことを知っているのであろうか、と。

「そもそも、何で喧嘩したのか今でもよく分かりません。私が小さい頃は物凄く仲が良くって、私もよく遊んでもらったのに」

理由を訊ねてみたことが何回かあったが、いつもは温厚な母親が猛烈に怒り出すので、結局聞き出すことはできなかった。

「でも、そこはやっぱり姉妹だったから……」

独身を通した叔母には身寄りがなかったので、仲が悪いなりにも遺言くらいは残していたのかもしれなかった。

叔母の家は、路子さんの住む場所から二駅程過ぎた場所にあった。

行ってみて意外だったのだが、路子さんは驚くほどその街のことを覚えていた。

勿論、街並み自体は三十年の時を経たせいか大きく変わっている。

駅前の商店街は複合型のモールみたいなものに飲み込まれ、見る影もなかった。

ジャングルジムやブランコがあったはずの小さな公園は遊具が全て片付けられていた。

そしてそこにはベンチだけがぽつんと置いてあり、老人達の憩いの場のようなものに変わっていた。

それでも路子さんは、叔母の家への道筋をしっかり覚えていた。

恐らく、何度も通ったことがあるのだろう。

自分が覚えているよりももっと、叔母とは仲が良かったのかもしれない。

駅を出て十五分も歩いたところに、叔母の家はあった。

新しいアパートとこれまた新しい住宅に挟まれて、まるでそこだけ時代に取り残されたかのように、ひっそりと佇んでいる。

赤錆びたトタン塀には門扉らしきものもなく、いきなり玄関が見える。

時代を感じさせるガラス引き戸の玄関には、恐らくガラスのヒビ割れを修繕したのであろう、綺麗な布テープが貼ってあった。

今では懐かしいねじ式の鍵をぎこちなく回して解錠し、恐る恐る中に入ってみる。

その瞬間、むわっとした臭いが鼻孔に充満し、思わず噎せそうになった。

廃墟を思わせる、やけに埃っぽい臭いが辺りに漂っている。

黴の臭いも混じっているのであろうか、厭にねっとりとした異臭であった。

しかしながら、目に入ってくるものは綺麗に清掃された廊下や部屋である。

広い土間には、叔母が普段使いしていたと思われる古いサンダルが一足、きちんと並んでいる。

そして、大きな下駄箱の上には、今では滅多に御目に掛かることができない、懐かしの黒電話が置いてあった。

古びてはいるが丁寧に磨きこまれた上がり框《かまち》を越えて、家の中に上がり込んだ。

正面には台所があって、右手の突き当たりには確か御手洗があったはず。

彼女は記憶を頼りに、正面にある磨りガラスの入った引き戸をゆっくりと開けた。

その瞬間、まるで時間が止まっているかのような、妙な感覚に捕らわれた。

いきなり目に入ってきた、壁に掛けられたカレンダーのせいであろうか。

それは和服の美人が微笑んでいるレトロなもので、日付は昭和五十八年四月のままであった。

それとも、あちらこちらに見られる電化製品のせいなのであろうか。

罅《ひび》だらけのコードが繋がった炊飯ジャーは、明らかにガス式のものであった。

縁が金属で保護された古いテーブルの上には保温ポットが置かれているが、現在のワンタッチでお湯が出るタイプではなく、ねじ込み式の蓋が付いた魔法瓶であった。

元々は真っ白な表面であったと思われるが、所々に蠅《はえ》の糞らしき汚れが付着している。

冷蔵庫は古いワンドアのタイプで、これがつい最近まで稼働していたとは信じられないほどである。

シンクの水切りには水垢で曇ったグラスが上がっているが、こちらもまた年代物のコーラ会社のノベルティであろう。

路子さんの視線はこれら以外にも様々な物を捉えたが、そういった物の殆どが、今ではあまり目にすることがない懐かしい代物であった。

この部屋から感じられる違和感に、彼女は少々困惑した。

何だろうか、この部屋は。ひょっとして、叔母の趣味だったとでも言うのであろうか。

壁に掛けられたカレンダーの通り、この家は昭和五十八年で止まっているようにしか感じられない。

もっとも、埃などは殆どなく、綺麗に清掃して暮らしていたことだけは推し量ることができる。

ただ単に、今風の物が何も置かれていないだけである。

しかし、一体これはどういうことなのであろうか。

単なる昭和レトロ趣味ということもあるかもしれないが、それにしても異常だろう。

彼女が知っている叔母のイメージとは、大分かけ離れている気がしてならない。

「……ん？」

路子さんは、ここであることに気が付いた。

ここには、食材の類いが一切残っていないのだ。

突発的な事故で死亡するまではこの部屋で生活していたにも拘わらず、ここには食料品が一切残されていない。

一体、どうやって生活していたのであろうか。

叔母への興味は尽きることがなかったが、今日の目的は台所の観察ではない。

路子さんは気を取り直して、台所を過ぎると、目の前にある襖をゆっくりと開け放った。

その途端、彼女は軽い目眩を感じてしまった。

それもそのはず。ここにもまた、昭和の景色が広がっていたのである。

そこは襖で仕切られた二間続きの和室で、壁にはやはり昭和五十八年のカレンダーが貼ってある。

この部屋は茶の間として使われていたのであろうか。

時代を感じさせる家具調のブラウン管テレビが鎮座しているが、未だに現役なのかどうかも定かではない。

チューナーの類いは見当たらないし、どう考えても地デジ対応はしていないだろうから、ひょっとしたらインテリアなのかもしれない。

路子さんの視線が、何げなく本棚へと向かった。

そこには、単行本や文庫は一切なかったが、臙脂《えんじ》色のアルバムが一冊だけ残されていた。

厚紙にあらかじめ接着剤が貼付してあるタイプらしく、時代を経てかなり黄ばんでいる。

好奇心に駆られて、そのアルバムを捲ってみる。

頁を捲る度に、彼女の背中を冷たいものが通り抜けていく。

掌は脂っぽい汗でベトベトし始め、気のせいかあちらこちらから視線らしきものを感じる。

アルバムには叔母や知人が写っていると思われるスナップ写真が、大量に残されていた。

だが、そこに写されている人物の顔だけが、油性ペンらしきもので、全て黒く塗り潰されていたのである。

その行為は例外なく、全ての人物に対して行われていた。

勿論、幼い頃の路子さんや母親に対しても、である。

「何、これ……」

叔母は精神に異常を来していたのであろうか。そのような考えが脳裏を過った、そのとき。

じりりりりりぃん！　じりりりりりぃん！

突如、けたたましいベルが鳴り響いた。

路子さんの身体は一瞬びくっと硬直したが、咄嗟に玄関先へと走った。

玄関では、例の黒電話が盛んに鳴っている。

路子さんは何も考えずに、急いで受話器を取ってしまった。

「……もしもし」

おっかなびっくり、受話器に向かって話しかける。

受話器の向こう側から、声が聞こえてくる。

機械音声のようにも思えるが、若い女性の声にも聞こえるし、子供の声と言われても充分に信じられる、そんな正体のはっきりしない声質であった。

しかし、音声に不備が生じているのか途切れ途切れで意味が分からないし、そもそも日本語であるかすら判断が付かない。

辛抱強く受話器から流れてくる得体の知れない声に耳を傾けていたが、いきなり音質が鮮明になった。

「もしもし！　もしもし！」

ここぞとばかりに話しかけると、さっきまでとは明らかに異なる明瞭な声が流れてくる。

「にぃ、ごぉ、さんっ、いっち、なぁな、ごぉ、れぇい、なぁな……」

意味が分からない。ただの数字の羅列にしか思えない。

彼女は懸命に問い掛けるが、受話器の声は数字の羅列のみを言い続けている。

この数字には何らかの意味があるのかもしれない。あるのかもしれないが、頭が上手く働かない。

路子さんがそっと受話器を元に戻そうとしたとき、母親が言ったある言葉を思い出してしまった。

そう、この家の電話は既に解約していたはずであった。

そしてそもそも、電気の契約も終了している。

つまり、この黒電話が鳴る訳がないのである。

路子さんは冷静さを保とうとしながら、受話器をそっと耳に当てた。

当然のごとく、何の音も聞こえてこない。

疲れた。もう、ダメ。もう、厭だ。

彼女は、小走りで先程の茶の間へと向かっていった。

早く用事を済ませて、とっととこの場を去りたかった。

茶の間の扉を開けると、一組の布団が敷いてあるこぢんまりとした部屋に辿り着いた。

恐らく、叔母の寝室なのであろう。

しかし、彼女の眼はこの家には似つかわしくないないものを捉えていた。

窓際に置かれている、立派な学習机。その上にちょこんと乗っている、黒いランドセル。

これを見るなり、路子さんは軽いパニック状態に陥ってしまった。

叔母に子供がいるなんて、聞いたこともない。

もう、何が何だか分からなくなってきた。怖い、ただ単に、怖い。

路子さんがこの部屋から逃げ出そうとしたとき、箪笥が目に入ってきた。

ひょっとしたら、これがあの箪笥なのかもしれない。

そこには多種多様なキャラクターのシールがベタベタと貼られていて、小さい子供と一緒に住んでいた痕跡としか考えられない。

彼女は深呼吸をしてから、箪笥の二番目の引き出しをゆっくりと引き開けた。

薄紫の風呂敷包みらしきものの上に、古いノートが一冊だけ置かれている。

彼女の頭の中は恐怖心で一杯であったが、好奇心も一掴み程残されていたようであった。

彼女は風呂敷包みを小脇に挟むと、その上に乗っていたノートを捲り始めた。

そこには、２Bらしき柔らかい鉛筆で、何事かが乱雑な文字で所狭しとみっちりと書かれていた。

解読しようとしたとき、妙な息遣いを背後から感じた。

すぐさま、後ろに目を向ける。

そこには少年らしき人物が、両膝を抱え込むようにして体育座りをしていた。ひょっとして叔母の息子なのであろうか。

数少ない親族すらその存在を知らない、私の従兄弟なのであろうか。

しかし、まるで影のように全身が真っ黒に染まっているのは、一体どうして？

考えが一向にまとまらず、頭の中に薄皮一枚貼り付いた感覚に捕らわれていた、そのとき。

漆黒の身体が、ぎこちなく蠢《うごめ》いた。

……ぼとっ！

路子さんの目の前で、真っ黒な身体から、大きめの頭と抱え込むようにしていた両腕が色褪せた畳の上に落下した。

まるで意思を持っているかのように不自然に転がってくる頭。

明らかに、彼女のいる方向へと緩慢に近寄ってくる。

歪な形をした頭部には、眼と口を思わせる深紅の大きな割れ目が見える。

回転の鈍っていた路子さんの脳内が、一瞬で活性化した。

大きく短い悲鳴を上げてその家から急いで飛び出すと、彼女は駅のほうに向かって全速力で駆け出した。

駅に辿り着く間際に、玄関の鍵を掛け忘れたことに気が付いたが、戻る気にはなれなかった。


「はい、母さん。これでしょ？」

あれから数日後、退院してきた母親に向かって、快気祝いとばかりに例の風呂敷包みを手渡そうとした。

「……みっちゃん！　何てモノを持ってきたの、アナタはっ！」

母親の冷たい声が、辺りに響き渡る。

「え、でもこれのことでしょう？　母さんが言ったのって」

不思議に思いながらも風呂敷包みを渡そうとしたが、彼女の母親は決してそれに触れようとはしなかった。

「……燃やして！　そんなもの、今すぐ燃やして！」

「そもそも、そんなことを頼んだ覚えはないって」

彼女の母親はそう言って、今でも路子さんに対して怒りをぶつけることがあるらしい。

叔母に子供がいたのかどうか訊いてみたこともあるが、母の答えはいつも同じであった。

「あれはねえ、そんなものじゃないんだよ」

例の風呂敷包みの中に何が入っていたのかも、今では知る由もない。

何故なら、鬼気迫る母親の剣幕に押された路子さんが、中身を確かめることなく河原で燃やしてしまったからである。

例の土地は未だに買い手が現れず、今でも更地のままになっている。

チャイルドシート

「酷く不気味なところでしたね。全く、あんな場所があるんだったら……」

思い出すことすら憚られるとばかりに、三井さんは時折身体を震わせながら小声で言った。

今から数年前のこと。

彼ら夫婦は必死に働いて、築十数年の中古住宅に引っ越した。

引っ越してから十日ばかり経った頃であろうか、彼の奥さんがパート先からおかしな噂を仕入れてきた。

「どうやらね、ウチの近くに幽霊屋敷があるって話だったんです」

聞いた当初、三井さんは別にどうとも思わなかった。

そして露骨に厭そうな顔をして狼狽《うろた》える奥さんの態度を、彼は鼻で笑った。

「そりゃそうですよ。お化け屋敷なんて、現実にあるはずがないって思ってた訳ですから」

話半分に訊いてみると、予想通り到底信じられない話であった。

自宅から歩いて十分程度の所に、有刺鉄線に囲まれているこぢんまりとした一軒家の廃墟があり、そこに近づくとお化けに出会ってしまうというのだ。

誰もいないはずなのに、夜になると窓から明かりが漏れてくる。

そして時折、何処からともなく赤ん坊の悲鳴が聞こえてくる、などなど。

「よくあるじゃないですか。そんな根も葉もない与太話なんて腐るほどありますよね」

ウチの近くにあるというのはあまり気持ちの良い話ではなかったが、かといって特別気にするような話でもない。

夕食を摂って風呂に入る頃には、既にその話は彼の脳内から消え去っていた。

「でも、ホントに不思議なんですが……」

翌朝になるとあの話がこびり付いた残滓《ざんし》のように脳裏の片隅に残っており、いつの間にやら思い出してしまうのであった。

初めのうちはその頻度も少なかったが、一日一日と経過する毎に次第に増えていく。

ぼんやりとしていた朽ち果てた一軒家のイメージが、日を追う毎に鮮明になっていく。

錆びた有刺鉄線に囲まれて、名前も知らない雑草に守られているかのように佇む、蒼い屋根の一軒家。

見たことも行ったこともないはずなのに、何故かそのイメージには確信があった。

どうして、ここまで囚われてしまうのか。全く興味がないはずなのに、どうしてここまで魅了するのか。

そう自問自答するうちに、ついには朝から晩までその廃墟のことしか考えられなくなってしまったのである。

三井さんは悶々と時を過ごしていた。

家にいるときならまだしも、会社で仕事をしているときでさえ、あの件が気になって仕方がないのだ。

そしてそれは当然の如く、彼の仕事にも影響を及ぼしていく。

「信じられないような凡ミスのオンパレードで……これは、どうにかしなきゃな、と」

九月だというのに、熱帯夜が続いていたある夜。

傍らで寝息を立てている妻に気付かれないように、三井さんはそっと着替えて家を出た。

皓々《こうこう》と光る街灯の下、彼は懐中電灯を片手に歩いている。

道路には人の影どころか車通りも一切なかった。

辺りでは虫と蛙《かえる》の鳴く声が混ざり合って、不協和音を奏でている。

数分ほど歩いた頃に、コンクリートの擁壁箇所にぶつかった。

妻から聞いていた場所は、ここであった。この上に、例の廃墟があるはず。

三井さんは曲がりくねった小道を、ゆっくりと進んでいく。

街灯の明かりは既になくなっており、彼は懐中電灯の明かりを頼りに歩いていく。

すると間もなく、有刺鉄線に囲まれた私有地らしき箇所に辿り付いた。

三井さんは右手に持った懐中電灯で、ゆっくりと辺りを確認していく。

背の高い雑草に囲まれた真ん中に、その廃墟は確かに存在していた。

そのこと自体に、彼の心臓は激しく鼓動を打ち始めた。

今現在自分の目に入ってくる光景を信じることができない。しかも、あの屋根の色。朽ち果ててはいるが、どう見ても蒼色ではないか。

三井さんは灯りで周囲を照らしながら、丹念に確認していく。

そのとき、何処からともなく奇妙な音が聞こえてきた。

相も変わらず虫と蛙の鳴き声が激しい中、それらを打ち消すかのような一層甲高い、その音。

三井さんの下っ腹に、きゅいんとした妙な感覚が走っていく。

それは、何処からどう聞いても、幼児のはしゃぎ声にしか聞こえなかった。

「近くの家から聞こえてきたに違いない。または散歩をしている母親の隣ではしゃぐ子供の声。そう思いたかったんですが……」

残念ながら、辺りに人家は見当たらなかったし、こんな時間に幼い子供を連れた親が散歩をしている線も、そうあるとも思えなかった。

三井さんはポケットから煙草を取り出すと、震える手で火を点けた。

肺の奥底まで紫煙を吸入する度に、次第に落ち着きを取り戻していくような気がする。

やがてさっきまで聞こえていた子供の声が、既に一切聞こえていないことに気が付いた。

「ああ、疲れてたんだ。気のせいかな、なんて思っていたんですが……」

彼の視線は、ある物体に釘付けになっていた。

それは有刺鉄線の中にある、廃墟の脇であった。

それを見た瞬間に思ったのは、何処にでもあるような自転車、といった感想であった。

日中に街に出れば、その辺りを何台も走っているであろう、所謂ママチャリである。

後部の荷台には薄茶色のチャイルドシートが搭載されている。

ここに人が住んでいた頃は、あの自転車には母親と子供が乗っていたんだろうな。

そんなことを想像していると、妙に目頭が熱くなっていった。

既に恐怖の感情は消え去っており、何とも言えない憐憫《れんびん》の情が彼の心を占領してしまった。

三井さんは吸い終わった煙草を地面で揉み消すと、その場から立ち去ろうとした。

そのとき、またしても甲高いはしゃぎ声が聞こえてきた。

慌てて視線を辺りに巡らしていると、先程の自転車に異変が生じていた。

薄茶色のチャイルドシート、赤字でブランド名が書かれているその下から、丸々と太った真っ白な両足がにょきっと突き出ている。

上半身は一切なく、下半身、しかも足だけがぶらぶらと振り子のように動いている。

まるで嗤うような子供のはしゃぐ声が、ふと止まった。

やがてすぐに、まるで肉を焼くようなジュワーといった控えめな音が、しっかり耳に入ってくる。

それと同時に、狂ったような幼子の泣き叫ぶ声が、辺りに響き渡る。

三井さんの視線は、チャイルドシートをしっかりと捉えている。真っ白な足の脹《ふく》ら脛《はぎ》に、いつの間にか直径一センチ程度の赤黒い痣ができていた。

相も変わらず狂ったように泣きわめく幼児。そしてその脹ら脛には、肉が焼ける音とともに赤黒い痣が次々に浮かび上がっていく。

その痣は次第に範囲を広げていき、やがて腿にも浸食してきた。

泣き叫ぶ声は、その狂気を増していく。

そのあまりの惨状に耐えきれなくなって、三井さんはその場から全速力で逃げ去ったのである。

「もう、二度と近づきたくないですね。あそこにだけは」

三井さんはそう語るが、どうしてもあの道を通らなければならないときがある。

あの辺りに近づくと、例の幼子の声が確かに耳に入ってくる。

その声を聞くなり、彼の身体は恐れからか硬直してしまうのである。

そして彼の脳内はあの光景によって独占される。それは勿論、件のチャイルドシートである。

薄茶色をして、真ん中に赤字でブランド名が書かれている、例のアレ。

そこからにょっきりと突き出ている真っ白な子供の両足が、楽しそうにぶらぶらと揺れている、あの光景が。

連休の過ごし方

初秋とはいえ、まだまだ残暑が厳しい九月上旬頃のこと。

都内の会社に勤務している高本さんは、土日の休みに有給休暇をくっつけて、久しぶりに三連休を取ることにした。

そして東北地方にある、知る人ぞ知るような鄙《ひな》びた温泉宿を予約した。

人伝に聞いた旅館であったが、今時インターネットで予約もできないような、非常に古い旅館とのことであった。

その温泉自体もマニアの彼ですら聞いたことがなく、ネットで検索しても殆ど引っかからないようなマイナーな所である。

それでも、彼の自宅から車で三時間程度といった絶妙な距離も、旅行をした実感を得るのに丁度よい。

「でも、まあ。そういった色々な所に惹かれたんですけど、ね……」

彼はその日を楽しみにしながら、連日の激務をこなしていた。

そして、待ちに待った土曜日の朝。

そろそろ出発するべく、自動車に荷物を積み込んでいたところ、携帯電話が鳴り始めた。

「社内のサーバーがダウンしたって。全く、酷い話ですよ」

やむなく休日出勤せざるを得なかったが、彼は出社からほんの十数分で問題を解決した。

「でも、自宅までの電車が結構掛かるんで。スケジュールが大分遅れましたね」

宿をキャンセルすることも頭を過ぎったが、折角楽しみにしていたのに冗談じゃない。

彼は予約していた宿にチェックイン時間を遅れる旨の連絡をするべく電話を掛けたが、話し中を知らせる機械音が鳴り続けるだけで埒が明かない。

そうこうしているうちに時間は過ぎ去っていき、結局電話が繋がらないまま、出発できたのは十一時過ぎ頃であった。

都内から高速道路に乗るまでは比較的空いていたが、高速に入ってからが地獄だった。

「全然、動かないんですよ。もう、未だに理由が分かりませんよ」

普段から混むような道では決してなかった。お盆や正月の帰省ラッシュのときですら、渋滞は殆どないような高速道路であった。

にも拘わらず、今日に限って相当酷い渋滞に見舞われていた。

急いでラジオで確認したが、事故等の話は一切なく、理由は全く分からない。

そんなこんなで宿に到着したとき、時刻は既に深夜零時を過ぎていたのである。

ナビに誘導されるまま、駐車場らしき砂利道に車を駐めたが、辺りは真っ暗で非常に心細い。

旅館の弱々しい灯りを点している小さな看板目指して、彼は歩いていった。

お世辞にも滑らかとは言えない引き戸を開けると、見窄《みすぼ》らしいフロントが正面に見えた。

そこには齢八十を過ぎたと思われる老婆が座っており、うつらうつらと船を漕いでいる。

「あの、すみません！　予約していた高本と言いますけど……」

その声に目を覚ました老婆は、じろりと彼を睨め付け、部屋の鍵を目の前の台に置いた。

「２０３号室。夕食は部屋にありますから。風呂はいつでも入れますから」

不機嫌そうな声でそう言うと、彼女は奥へと下がっていった。

「仕方ないですよね。泊めてくれるだけでも有り難いと思わなきゃな、と……」

部屋に入った瞬間、キャンセルしとけば良かった、と後悔の念に駆られた。

入った瞬間に鼻を衝く、異常なまでの黴臭さが嫌になったからである。

そして灯りを点けたところ、その理由が分かったような気がした。

部屋は埃塗《まみ》れで、漆喰の壁は所々が真っ黒に汚れている。

部屋の中央に置かれている飯台には、食膳がぽつりと置いてある。

高本さんは恐る恐る膳の蓋を開けてみると、そこには若干黄色くなった御飯と、焼き加減が悪くて原形を留めていない、焼き魚らしき料理、更に豆腐だけが入ったお吸い物であった。

休憩する暇すら惜しんで運転していたため、彼の飢餓感は絶頂に達していた。

それらの冷え切った夕食を貪って腹に入れたが、何故か胃がそれらを拒否するかのように、それから暫く絶え間ない嘔吐感に苛《さいな》まれたのであった。

「空腹が最上の調味料なんて言いますけど……結局調味料じゃどうにかならないものもあるんですよね」

何度も何度も生成されるガスを口から放出させていると、けたたましい音を立てて部屋が大きく揺れた。

一瞬、崩れるのではないかと思ったが、ただの家鳴りに過ぎなかったようであった。

ほっと安心していると、突如意味不明な言葉が何処からともなく聞こえ始めた。

まるで部屋の中で誰かが詩吟を唸っているような、あまりにも近すぎる距離感で、その音は耳に入ってくる。

部屋中に視線を遣るが、テレビやラジオらしきものは何処にも見当たらない。

人一人隠れることができるスペースと言えば、押し入れである。目星を付けて思いっきり開けてみるが、そこには小汚い布団が収納されているのみであった。

だが、部屋中に漂っている黴臭さの原因が、布団にあることが分かった。

さっきまで聞こえていたはずの詩吟も、いつの間にか消え去っている。

極度の空腹状態で食事を摂ったせいか、猛烈な眠気に襲われた。

高本さんは部屋に備え付けてあった部屋着に着替えることにした。

それすら最初からぐしゃぐしゃに丸まっていたが、若干嫌な気分になりながらもそれに袖を通すと、温泉に浸かるべく部屋を出た。


部屋に戻った高本さんは、心の底からこの宿を選んでしまったことを後悔した。

「最悪、の一言ですね。あんなに酷い温泉は、見たことも聞いたこともないですよ」

風呂の周囲が汚いのは、辛うじて許容できる。しかし、あんな水のようにぬるい温泉は絶対に許すことができない。

しかも、湯の中には名前も知らないような虫達が大量に浮いていた。

「折角来たんだから、入ることは入りましたけど。ホント、最悪でした」

怒りで身体が温まってきたのか、彼はもう我慢できないほどの睡魔に襲われていた。

あの黴臭い布団で寝るのは抵抗があるが、致し方あるまい。

押し入れから布団と枕を取り出すと、彼はそれらに包まれて深い眠りに就いた。


暗闇の中、がやがやと煩い人の声で目が覚めた。

ガンガンと鳴り続ける頭の中、自分が横たわっている布団の周りを、何者かが大勢で取り囲んでいるような気配を感じる。

完全に眠った振りをして会話に耳を傾けていると、何だか物騒なことをしゃべっている。

「この腕、肉付きがいいいねぇ」

「オレはこの頭だなぁ、やっぱり」

「いやいやこのくるぶしなんて最高だよ」

そんな恐ろしい会話が続く中、彼の意識はそのまま遠のいていった。


顔に降り注ぐ陽光の中、全身を襲ってくる異様な痒みで目が覚めた。

高本さんがぱっと目を開けると、そこには信じられないような光景が広がっていた。

信じられずに何度も何度も辺りに視線を遣るが、何処からどう見ても現実にしか思えなかった。

自分が寝ていた部屋は、既に朽ち果てて窓ガラスすら破られている、廃墟の一室だったのである。

部屋の中は侵入者と野生動物に荒らされており、辺りは缶ビールの空き缶と動物の糞に塗れていた。

自分が寝ていた布団は黴がカラフルな色彩を施しており、たっぷり吸いこんだ湿気で重くなっていた。

高本さんは自分でも信じられないような悲鳴を上げながら、その場から逃げるように立ち去った。

物凄いスピードで車を走らせているとき、途中で予約した旅館の看板が視界に入ってきたが、最早どうでも良かった。

這々《ほうほう》の体《てい》で自宅に戻ったが、どうにも気分が収まらない。

それどころか疲れがどっと出てしまって、三連休最終日は寝て過ごす羽目になってしまった。

どう考えても、納得がいかない。

久しぶりに取った三連休を、どうしてこんな形で過ごさなければならないのか。

廃墟で寝た自分が悪いとはいえ、このどうにもならない不満をぶつけるべく、彼は例の旅館に電話を掛けた。

文句の一つでも言ってやれば、少しは気分が収まると思ったからである。

「え、電話ですか？　ウチは五回線あるからそんなことないと思いますよ」

そもそもその日は電話自体少なかったですからね、と強気の返答をされたのであった。

「もう、訳が分からないですよ」

高本さんは疲れ果てた声で、そう言った。

「勿論、請求されましたよ。一〇〇%のキャンセル料金。ホント、踏んだり蹴ったりでした」

動画配信

「観たときは、もう。やられたっ！　てのが正直な感想でしたね」

木村さんは見かけによらない高い声でそう言った。ティーシャツ姿のせいか、恰幅の良さがはっきりと分かる。

彼は所謂、動画配信者である。インターネット上の動画配信サイトに自作の動画を掲載して、視聴回数によって報酬を得ていた。

ただし、彼自身は都内の不動産会社に勤務しているので、動画配信は副業で行っていたことになる。

そんな彼が悔しがるような出来事とは、一体何があったのであろうか。

「勿論仮名ですけど、村田って奴がやっているチャンネルがあるんですよ。ええ、勿論廃墟探索です」

村田氏が配信しているチャンネルは、日本国内に存在する有名無名の廃墟を訪れ、その外観並びに内部を撮影して配信するものである。

木村さんも同様のスタイルで動画を配信していたため、いつしか村田氏自身をライバル視していた。

「まあ、彼の場合は自分のような底辺の動画配信者とは全てにおいて違いますけどね」

彼はそう言って、自嘲気味に笑った。

話に聞いたところによると、村田氏のチャンネルフォロワーは百人程度とのことである。

「私なんて十人くらいしかフォロワーがいませんからね。それに比べると、とんでもない数ですよ、百っていう数字は」

噂に聞く有名な動画配信者だと数百万ものチャンネル登録者数があるらしく、それと比較するとどうにも数が少ない気がする。

勿論そのような一握りの成功者と比較しても全く意味がないことは理解している。やはり、そのような化け物級ではない限り、それだけで食べていくことはできないのかもしれない。

「とにかく、彼の動画に映っている景色や建物がね。全て自分の知っている所なんですよ」

つまり、こういうことであろうか。村田氏の配信した廃墟はその殆どが木村さんが訪れたことのある建物であった、と。

「そう。勿論私だけじゃありませんよ。廃墟好きだったら皆知っているような、滅茶苦茶メジャーな物件ばっかりなんですよ」

それなのに、どうして自分よりチャンネル登録者数が多いのかさっぱり意味が分からない、と彼はぼそりと呟いた。

「それで、つい数カ月前の話なんですけど。彼が新しい動画をアップしたんですよ」

別に待ってはいませんでしたが、と付け加えながら木村さんは言った。

その動画には、相も変わらず見たことのある景色が延々と映っていたが、やっとのことで辿り着いた建物は、木村さんの見たこともない物件であった。

そこは外観から判断すると、普通の民家であった。

壁は所々崩れ落ちていたが、落書き等は一切なく、背の高さ以上の雑草が周辺に生い茂っており、まるで侵入者からその家を守っているかのようであった。

「めちゃめちゃイイ感じの廃墟でしたね。自分も久しぶりに他人の動画で期待していたんですが……」

これから中へ入る、という所で「続きは次回」といった無情なテロップが流れてしまった。

「ところがですよ。あの動画が配信されて以来、村田の配信が停まってしまったんですよ」

実生活が忙しいせいなのか、はたまた病気で療養しているのか。

彼が動画配信を数カ月に渡って休止せざるを得ない理由は色々と考えられるが、それを知る術はなかった。

木村さんはライバルが少しだけ心配になったようで、配信サイトを通してメッセージを送ってみたが、返信は一切来ない。

「だったら、自分が配信してやろうと。そう思った訳なんです」

彼は村田の映像に映っている景色を元に、色々な場所を探索してみたが、例の物件はなかなか見つからない。

あらかじめ見当を付けていた場所を闇雲に探し回っていると、いつしか日も暮れてきており、大量の蝙蝠《こうもり》が頭上を飛び回っていた。

木村さんは焦りを感じ始めて、ここは一端引き返すべきであるとの結論に達して、歩いてきたと思しき道を戻り始めた。

だが、自分でも何処を歩いているのか分からなくなってしまい、迫りくる夕闇とともに、焦燥感に駆られていた。

早足で獣道を藪漕ぎしていると、いきなり目の前にあの建物が現れた。

その偶然に驚きながらも彼は呼吸を整え、持参したビデオカメラの録画を開始した。

時間の関係上、あまり長くは撮れないかもしれないが、もう一度この場所に来られる自信もなかった。

彼はカメラを回して状況を話しながら、半分開いている玄関の扉を完全に開け放って、中へと侵入していった。


中に入った途端、今まで経験したこともないような圧倒的な廃墟臭に目眩がした。

廃墟臭とは、その建物が朽ち果てていく過程で放っていく、黴臭さや生活していた人々の生活臭、飼われていたかもしくは侵入した動物達の獣臭、そしてアンモニアや糞の臭いが混ざり合った、独特の香りのことである。

「やっぱり窓ガラスも全部無事だったし、臭いが籠もっていたんでしょうね」

込み上げてくる嘔吐感に堪えながら、彼は録画し続けている。

玄関を抜けて居間らしき部屋に入った途端、彼はこの物件が廃墟になった理由が分かったとのことであった。

「明らかに、夜逃げ物件ですね。あれだけプライベートな残留物がある訳ですから……」

黒黴に汚染されたカーペットには、個人宛ての郵便物が散乱していた。

ざっと見ただけでその殆どが督促状であることが分かった。

年金手帳や健康保険証、更には自家用車のナンバープレート等も部屋に残されており、彼の予想をより強固なものへと変えていく。

そしてテーブルの上に置かれたアルバムを捲っていくと、そこには幸せそうに笑っている家族の写真が大量に収納されていた。

ここの持ち主であったと思われる御夫婦と、まだ小さい女の子。そして可愛らしい柴犬がその殆どに写っていた。

「私、ダメなんですよね、ああいった切ないモノを見るのが、とにかく苦手で……」

もう充分。これ以上は、もうここにいられない。

涙腺が崩壊しそうになりながら、木村さんはカメラに〆の台詞を呟くと、その場所から立ち去ろうとした、そのとき。

「……みっちゃん」

何処からともなく、女の子の声が聞こえてきた。

左胸の鼓動が急激に激しさを増す。逸る胸を押さえながら、慌てて周りを見渡してみるが、誰もいない。

ほっと一安心してここから抜け出そうとしたとき、またしてもあの声が聞こえてくる。

「……みっちゃん」

声が聞こえてきた方向に向かってカメラを向けたとき、何か白い物がレンズの前を横切ったような気がした。

しかし、木村さんの目には何も映らない。

彼はその廃墟から出ると、カメラの録画を停止して、早足でその場から立ち去っていった。

「それで、この動画を編集していたときなんですが」

木村さんの口調に、何とも言えない重苦しさが加わっていく。心なしか周りの空気も変わったような気がして仕方がない。

「まず、聞こえてきた声があったじゃないですか」

結論から言えば、音声としてははっきりと残っていた。だが、音声だけではインパクトとして弱すぎる。

「そして、あの白い影ですが……」

彼の肉眼ではよく分からなかったが、カメラはしっかりとその姿を捉えていた。

犬らしき生き物の真っ白な頭部が、はっきり映っていた。勿論確証はないが、その顔は現場の写真で見かけた、あの柴犬にそっくりであった。

しかし、写真の犬は優しい目をしていたが、録画された犬の目は、明らかに殺気だっていた。大きく開かれた口にある、鋭い牙が妖しく光っている。

これって、ヤバい奴じゃないのか。物凄い動画を撮ってしまったな、などと期待に胸を膨らませながら作業を続けていると、彼の目は映像のとある部分に釘付けになってしまった。

「何げなく撮った天井部分に……」

はっきりと映っていた。

比較的若い両親の顔が天井に浮かび上がっており、その間には幼い女の子の顔がはっきり残されていた。

だが、その顔はあの写真に写っている親子には似ても似つかなかった。まるで此の世の全てを憎んでいるような鬼気迫る表情であった。

その三人が放っている、まるで射貫かんばかりの凄絶な眼差しが、カメラを回していた木村さんを捉えていたのである。

「そして……そして……更に……」

その恐ろしい三つの顔から少し離れて、若干頭の薄い頬の瘦けた男性の顔が映っていた。

特筆すべきは、その男の表情である。部屋に残された写真には見受けられないその人物は、まるで何かを恐れ慄くように顔面蒼白になりながら、悲壮感漂う表情をしていたことである。

「もしかして、その男の人って……」

私の質問に、彼はこくりと頷《うなず》きながら言った。

「多分、ですけど……ところで、これ。配信してもいいと思いますか？」

写真

満田さんの趣味は、写真撮影である。

とりわけ風景の写真が大好きで、暇を見つけては旅行に出かけて、その土地をフィルムに収めていた。

「たとえ帰宅して現実に戻ったとしても、それさえあれば……」

好きなときに好きな場所に行ったような気になれて、そのことに何とも言えない幸福を感じていたのである。

そして、彼が東北地方のある場所に行ったときのこと。

「ある沼を見にいったんですよ」

その場所は数十の沼が密集しており、沼の色が四季折々によって様々な色に変化する、といった幻想的な場所であった。

しかも季節によっては珍しい花の大群落が見られたりする、有名な湿原でもある。

一時間程度も歩いて回れば、代表的な沼を全て見て回れる散策コースなども用意されていて、観光客に人気のスポットであった。

「ホント、物凄く綺麗でね。もう、何枚撮ったか忘れてしまうくらい……」

彼は夢中になってシャッターを押しまくった。

帰宅して写真を現像していたとき、奇妙な存在が映り込んでいることに気が付いた。

エメラルドグリーンに光り輝く沼の写真。その上に、信じられないようなモノがはっきりと写っていた。

まるで人間の顔を縦長に細工したかのような、長細い真っ白な顔。

両の黒目は爛々《らんらん》と輝いており、横幅の小さな口は不気味に捩じ曲がっている。

そのようなものが、まるで沼の上に浮かび上がっているかのように印画紙に焼き付けられていた。

その写真を見た瞬間、満田さんの背中を冷たいモノが駆け抜けていった。

明らかに、此の世のものではないような気がする。

このようなモノが写ったときは、どうしたらいいのであろうか。

彼はその写真とフィルムを持って、近所にある寺の住職へと相談しに行った。

「こんなもの持ってこられても、困るんですよ」

住職は露骨に嫌そうな表情を見せた。

「たまにいるんですけど、ね。こういうの持ってくる方が。でも、ウチじゃ何にもしてあげられないんですよ」

　ここまではっきり言われると、どうしようもなかった。

　満田さんはすごすごと引き返すほかなかったのである。

「最近はね、旅行自体に行かなくなってしまいました」

　疲れ果てたような表情をしながら、満田さんは喉の奥から絞り出した。

「どうやってもね、写るんですよ。アレが……」

　あの沼で撮った写真に写っていた、人間の細長い顔のようなもの。あの日以来、その顔が彼の撮る写真に写り込むようになってしまったのだ。

「勿論、全部じゃないですよ。ほんの数枚なんですけど……」

　爛々と輝く黒目と捩じ曲がった口角が妙に恐ろしくて仕方がない、と彼は言う。

「この間なんて、孫が遊びに来たので近所の公園で写真を撮ったんですよ」

　何とそこにもあの細長い顔は映り込んでいた。

　満面の笑顔で遊んでいる孫のすぐ隣で、空恐ろしい表情をしたまま宙に浮かび上がっていたのだ。

「もう、写真自体を諦めたほうがいいんですかね……」

今現在実害は受けていないが、怖くて怖くて仕方がないと、満田さんは呟いた。

停電の日

旦那さんが夜勤のため、絹田さんは夕食の宅配ピザを頬張りながら、画面に夢中になっていた。

録り貯めておいた、韓流ドラマを一気見していた、そのとき。

ぶーんといった音を立てて、室内の灯りが一斉に失われた。

「ええっ！　停電なの？　ホントに？」

絹田さんは盛んに独り言を呟きながら、両手を触覚のように伸ばしつつ物の位置を確かめるようにして、ブレーカーのある脱衣所へと歩んでいった。

彼女の目は一向に暗さに慣れず、数分経過したにも拘わらず辺りは泳ぐような闇に包まれている。

固い物に脛を数回ぶつけただけで、漸く廊下まで辿り着いた。

廊下をまっすぐ行ったその先に、脱衣所へのドアがある。

彼女は焦らず一歩ずつ足場を確かめるようにして、ゆっくりと歩いていく。

そのとき、彼女の身体がビクリと反応した。

何処からともなく、誰かの息遣いを感じる。

辺りに視線を遣ろうにも、真っ暗で何も見えない。

「だ、誰！　誰かいるの！　ねえ、誰かいるの！」

平常時とは明らかに異なった甲高い声で、必死の形相で問い掛けるも、それに対する反応はない。

その代わりに、先程からの息遣いは次第に激しさを増していき、その呼吸の荒さが彼女をパニック状態へと誘った。

闇雲に叫びながら両腕を振り回していると、右手の指先が何かにちょっとだけ触れた。

それは妙に柔らかく、弾力性のあるものであった。

絹田さんの動きが、何か熱いものに触れたかのように反射的に遠ざかると、そのまま止まった。

この何もないはずの狭い廊下に、一体何がいたのか。自分以外に誰もいないはずのこの家に、他に何者がいるのか。

心臓はバクバクと激しく脈打っているのにも拘わらず、身体中が冷え切ったようでまるで動かない。

そのとき、家中の電化製品が動き出す機械的な音が聞こえ始め、それと同時に光が戻ってきた。

彼女は長い溜め息を一つ吐くと、何げなく足下へと視線を向けた。

そこには、古い一枚の白黒写真が落ちていた。

大分昔の写真らしく、和服姿のお婆さんがぎこちない笑みを浮かべている。

印画紙は経年劣化で変色が著しく、所々が黄ばんでいた。

絹田さんはその写真を見るなり、一言呟いた。

「誰？」


後日旦那さんに確認したところ、彼も全く知らない人の写真であることが判明した。

だとしたら、一体誰がこんなものをこの家に持ち込んだのであろうか。

様々な疑問が浮かび上がってくるが、その日だけの出来事だったので、今ではあまり考えないようにしている。

その写真は、旦那さんに渡して処分してもらったらしいが、処分方法は彼に一任したという。

「私が五つか六つの頃だったかなぁ」

櫃原さんは若干遠い目をしながら、過去の記憶を思い出そうとしている。

「石屋の婆っちゃ、と初めて出会ったのは」

当時櫃原さんの家の近くに、そう呼ばれている老婆が住んでいた。

今にも崩れそうな藁葺《わらぶ》き屋根の平屋建て木造住居に、彼女は一人で暮らしていた。

九十度近く曲がってしまった腰で、見るからに大変そうであったが、実際はそうでもなかったらしく、庭に拵《こしら》えた畑を耕しては農作物を作っていた。

「歩くのが速い婆っちゃでね」

足腰は結構達者だったらしく、畑の世話だけでなく、家の周りの掃除や草刈りも毎日毎日せっせとこなしていた。

その屋号から元々は石を商いとしていたと思われるが、自宅にその名残は全くなかった。

「誰かが言ってたんだけど……」

数年程前までは息子夫婦と同居していたらしいが、いつの間にか一人で暮らすようになっていた。

まだまだ身体が丈夫と言っても、高齢の一人暮らしに違いはない。橿原さん宅も含めて、近所の人達は食料品のお裾分けをしたりして極力彼女と接触を図ろうとしていた。

「優しい婆っちゃでね。いつもお菓子をくれるから……」

橿原さんも子供心に、それ目当てでできる限り老婆の自宅付近で遊ぶようにしていた。


老婆と初めて出会ったのは、八月の暑い盛りであった。

橿原さんが友達と一緒に近くの川でザリガニ釣りをして遊んでいると、石屋の婆っちゃが唐突に声を掛けてきたのだ。

「めんごいおぼこだなぁ。菓子食うべなぁ」

そう言いながら、お菓子がたっぷりと入った大きめの紙袋を両手に持って、彼女達に差し出したのである。

二人とも初めは驚いて言葉が出なかったが、友達が大きな声でお礼を言って老婆の左手から紙袋を受け取った。

それでも内向的だった橿原さんは面と向かってきちんとしたお礼も言えずに、黙って頭を垂れていた。

すると老婆はにっこりと破顔して、愛おしそうに幾度となく彼女の頭を撫で始めた。

「めんごい、めんごい」

そう言いながら頭を撫でられ続けると、彼女もまんざらではなくなってきたのである。

その日から、櫨原さんはいろんな友達を連れては、石屋の婆っちゃの家の周りで遊ぶようになった。

そして散々遊んだ後は、お菓子を一杯携えて帰宅するのだ。

しかし、それから数日後のある日を境に、老婆から貰える菓子の量が極端に減ってしまった。

「恐らく、誰かの親が文句を言ったんでしょうね」

お菓子を貰えない日も多くなったせいか、友人達の足は次第に老婆宅から遠のくようになってしまった。

けれど櫨原さんだけは違った。家から近いせいもあったのかもしれないが、遊び場を変えなかった。

「大好きだったんですね。石屋の婆っちゃのことが」

そして空っ風が吹きすさぶ、とある二月の晩のこと。風が強い割には、妙に静かな夜であった。

家族が寝静まって大分経った頃。

家中に、突如焦げ臭い匂いが充満した。

橿原さんは息苦しさと刺激性の臭いで目が覚めると、鼻をくんくん鳴らしながら部屋中を見回した。

臭いの原因を探しているとき、裏庭のほうが異様に明るいことに気が付いた。

それに気が付いた橿原さんの両親が慌てて外に飛び出し、すぐに家の中へと舞い戻ってきた。

「火事だっ！　電話！　電話！」

そう叫びながら、黒電話のダイヤルを一生懸命回していた。

「何故か、すぐに分かったんです。ああ、絶対に婆っちゃの家だって。そう思っていたんです」

橿原家を含む近隣の人々の目前で、石屋の婆っちゃの自宅は紅蓮の炎に包まれていた。

分厚い藁葺き屋根はまるで燃えるために作り出されたかの如く、次々にあっけなく焼け落ちていった。

あまりのショックに、橿原さんは半べそを掻きながら、ただただ婆っちゃの無事を祈っていた。

しかし、その願いは叶わなかった。


大人達によれば、例の火災に事件性は発見されなかったとのことであった。

しかし、幾つかの不可解な点が残ったことも事実である。

まず、石屋の婆っちゃは火に関しては日頃から細心の注意を払っていた。煙草を喫《の》まない彼女が家の中で使う火気と言えば、ガスコンロと仏壇に供える線香のみであった。

また、使わない電気機器のコンセントは必ず抜いていたし、ガスの元栓も頻繁に閉めていた。勿論電気やガス事故の線も捨てきれないが、可能性は極力低いと言わざるを得ない。

近隣住民が首を傾げているうちに、ある噂が町中を席巻した。

「……付け火、だって言うんです」

確かに石屋の婆っちゃの火に対する慎重さを考えれば、頷ける説であることに違いない。

だが、この噂に対して、大多数の住民は否定的であった。

「そんなおっかねえことする奴がこの町にいる訳がねえ。なんて意見が大半を占めていたんです」

勿論榲原家でもそう考えていたことは確かだったし、榲原さんも両親の意見に倣ってそれが当然だと思っていた。

しかし、火事から十日ほど経ったある朝のこと。

予想もしない出来事が、町を襲った。

「うおぉっっっっっっ！　ぐおぉっっっっっっ！　うおぉっっっっっっ！」

日曜日のある静かな朝、狂気に満ちた獣にも似た甲高い怒号が唐突に響き渡った。

裏庭のほうから聞こえてくるその怒鳴り声に慌てた榲原家は、家の中から全員が飛び出した。

一体何事が起きたのかと、既に周りの住民達が一斉に集まっている。

「おい！　ありゃオサムじゃねえのがっ？」

「んだ。ありゃオサムだ。間違いねえべ」

「ああ、役場に勤めているんだべ？　藤田さんのオサムって言えば」

そんな大人達の会話を聞きながら、榲原さんは石屋の婆っちゃの家があった場所で暴れている若い男から目が離せなくなった。

その男は、その年齢には似つかわしくもない、刀身の赤いプラ製のおもちゃの刀を盲滅法に振り回している。

脂っぽい長髪を振り乱しながら、真っ赤に血走った眼を落ち着きなく動かして、周囲を睨め付けた。

上半身は裸で、下半身もブリーフのみの姿であった。

しかし、得物が刃物ではなかったせいか、集まった人々は逃げる素振りも見せずに興味深そうに見守っていた。

恐らく疲労が頂点に達したのであろう。オサムの動きがみるみるうちに鈍くなっていった。と同時に、オサムは刀を放り出すなり、まるで命乞いでもするかのように地べたに這い蹲って、弱々しい声でこう言い始めた。

「やめろ。やめてけろ。悪がった！　やめてけろっっっっ！」

誰に対してなのか不明なのだが、何者かに必死に謝罪し続けている。

やがて急行したお巡りさんと消防団が、一緒になってオサムを保護した。

集まっていた野次馬達は蜘蛛《くも》の子を散らすようにその場から去っていったが、橿原さんはその場から動けなくなってしまった。

頭の中がぐるぐると回り続けて、一歩も動けなくなっていたのである。

そしてそのまま、彼女の意識は深い底へと落ちていった。

「んー、言い難いんですけど」

櫨原さんは何故か頬を染めながら、漸く口を開いた。

「目を覚ましたら、婆っちゃが目の前にいたんです」

両親達が心配そうに見守る中、布団の中で開いた眼に、空中に浮かんでいるとしか思えない石屋の婆っちゃの姿が飛び込んできたのである。

その瞬間、櫨原さんはぼろぼろと泣き始めた。

石屋の婆っちゃの名前を何度も何度も叫びながら、周りが引く程に泣きじゃくった。

「ホント、恥ずかしいんですけど……」

また石屋の婆っちゃに会えたことが、彼女は嬉しくて仕方がなかった。

皺《しわ》だらけの顔面をくしゃくしゃに破顔する、懐かしい表情。

糸のように細い目で、暖かく櫨原さんを見るその眼差しが、心の奥底を揺さぶったのである。

彼女の体調は、一気に回復へと向かっていった。

一方、自分達の息子がとんでもないことをしでかしたのかもしれないと思い至った藤田家は、ひっそりと何処かへと引っ越してしまった。

その日から、櫑原さんの側には婆っちゃの姿が共にあった。

しかし、櫑原さんの他、その存在に気が付いた者は誰一人としていなかった。

「別に気にはならなかったですね。自分が何かをやっているときはその存在すら忘れてしまう感じです。それで、暇なときになるといつの間にか隣にいる、みたいな」

とにかく説明するのが難しいと、櫑原さんは言う。

だが、その絶妙な距離感だったからこそ、婆っちゃの存在が欠かせなくなったのではないかと思われる。

いてほしくないときには決して姿を現さず、いてほしいときだけ姿を見せてくれる、そんな掛け替えのない存在であった。

不思議なことに、会話も成り立っていたとのことである。櫑原さんが伝えたいことを心の中で強く願うと、控えめな婆っちゃの声が耳の中に吸い込まれるように聞こえてくるのだという。

強く思わないと何の返事も返ってこないので、それはそれで有り難かったと彼女は言った。

「それでね、何回かお母さんには話したんだけど……」

どう説明しても信じてもらえなかった。

そのような訳で、あれこれ考えるのは煩《わずら》わしくなってしまい、それ以降櫃原さんは婆っちゃの存在を心の中に秘めることにした。

驚くべきことに、他人には分からない彼女達の交流が始まって十年以上が経過した。

小学生だった櫃原さんもあっという間に成長し、県内の大学を卒業した後に駄目元で応募した、地元では有名な企業に就職することができた。

しかしその頃から、彼女達の絶妙な関係に亀裂が入ってしまったのである。

「何かね、すっごく怖い顔をするようになっていったんです。もう、ホントに物凄い顔なんですよ」

柔和な婆っちゃの顔からは想像も付かないような、鬼気迫る表情であった。

「一言で言うと、鬼。角なんか生えていないけど、あれは鬼の形相でした」

ひょっとして、気に障るようなことを何かしでかしてしまったのだろうか。

そう思って必死に会話をしようと試みたが、今までと違って返事が来ることはなかった。

むしろ表情から察するに、日に日にその険しさが増していくような気すらした。

「それで、色々考えたんですよね。今までの自分と何処に変化が生じたのかな、って」

そして、一つの結論に達したのである。

彼女は会社の上司である村上さんと交際しており、その関係は至極順調に推移していた。

彼女との年齢は十以上も離れていたが、彼女は気にしなかった。

「彼に対して、普通ではない何かを感じ取っていたんですよね」

二人の関係が深まるに従って、石屋の婆っちゃの表情はますます恐ろしくなっていった。

あれこれ想像してみたものの婆っちゃの真意は汲めない。そこで橿原さんは、婆っちゃは村上さんに私を奪われるのが厭なんだ、と判断していた。

次第に橿原さんは婆っちゃの存在が疎ましくなってしまい、相当酷い言葉を心の中で投げ掛けてしまったという。

だが、婆っちゃの姿は相も変わらず彼女とともにあった。ただ、その表情だけは言葉にできないような恐ろしい形相であった。

それをきっかけにして、彼女は石屋の婆っちゃに対して極力冷たい態度を取ることにした。即《すなわ》ち、無視である。何か言いたそうな表情をして現れてきても、彼女の意志は固かった。

やがて石屋の婆っちゃは、一際寂しそうな表情を見せたのを最後に、橿原さんの前から姿を消してしまった。

長い間当たり前と思っていた風景があるときを境に一変してしまい、樫原さんはどうにも落ち着かない毎日を送っていた。

そんな、ある晩のこと。

樫原さんは、村上さんの住んでいるマンションに泊まりにきていた。

猛烈な熱帯夜のせいか、冷房の利きがあまり良くないらしく、彼女はなかなか寝付けずにいた。

何げなく隣に視線を遣ると、彼は快適そうに寝息を立てている。

彼女が大した理由もなくその寝顔を観察していたとき、彼の両瞼がいきなり開いた。

あまりの唐突さに思わず声を上げたが、そんな声はあっという間に掻き消されてしまう程、物凄い悲鳴が彼女の鼓膜を震わせた。

一瞬何が起きたのか分からなかったが、すぐに理解することができた。

目の前で寝ていたはずの村上さんが、俄《にわか》には信じられないような甲高い声で、けたたましい悲鳴を上げている。

しかも駄々っ子のように両手をぶんぶん振り回しながら、まるで襲ってくる何かから身を守るようにして、必死に抵抗し続けている。

彼女は何をしたらいいのか一切思いつかず、ひたすらおろおろして狼狽えるほかなかった。

「うわあっっ！　うわあっっ！　うわあっっ！」

常日頃の彼からは想像もできないような情けない格好をしながら、顔面をくしゃくしゃにして懸命に抗っている。

「やめろっ！　やめてけろっ！　悪がったっ！　オレが悪がったっ！」

そう叫びながら、やたらめったら両手を振り回している。

その彼の姿を見たとき。彼女の頭の中にあったごく小さな点と点が、一気に繋がった。

しかし、そのあまりにも突飛な推論にも拘わらず、彼女には妙な確信がまるで埃のように堆積していく。

まさか。いや、まさか。

そんな嘘みたいな話が、本当にあるのだろうか。

そのとき、樫原さんの視界の隅に、見慣れた臙脂色の着物がちらりと入ってきた。

勿論、それは石屋の婆っちゃに違いなかった。

久しく姿を消していた婆っちゃの突然の登場。樫原さんの疑念は確信に変わった。

暫くぶりに現れた婆っちゃの姿は、まさしく鬼であった。

憤怒《ふんぬ》に染まった全身を使って、寝ている村上さんに馬乗りになって、枯れ枝のような両腕をその首に回した。

やがてその首からはみるみるうちに血の気が引いていき、彼の顔面が赤黒く変色していった。

「婆っちゃっ！　お願いっ！　やめてっ！」

彼女は思わず、声を上げた。彼に対する愛情は既に欠片すらなかったが、これ以上は危険だと思ったからである。

そのおかげで、婆っちゃの絞め上げる力が少々緩んだのかもしれない。村上さんは咄嗟に立ち上がると、着の身着のまま脱兎の如く外へと逃げてしまった。


それから数日して、会社内は無断欠勤を続ける村上さんの話題で持ちきりになった。

やがて彼の親族が警察に相談したらしく、数日後には制服の男達数人が橿原さん宅を訪れ、彼女から事情を訊き始めた。

勿論、彼女は知っていること全てを警察に話した。ただし、石屋の婆っちゃの件は伏せることにした。たとえ正直に話したとしても、結果は容易に想像できたからである。

事件性がないと判断したのであろうか。やがて警察からの連絡も途絶えてしまい、村上さんは失踪扱いになったとのことである。

「すっかり忘れていましたけど、あの仕草を見た瞬間全てが分かったんですよ」

樫原さんは思い出すのも汚らわしいとばかりに、全身を大袈裟に震わせた。

「やっぱり、あの人だったとしか思えないんですよ。ええ、例の藤田家の長男ですね」

名前を出すのも厭だとばかりに、微妙な言い回しであった。

となると、例の火事の原因に関して、邪推するほかないのであろうか。

「はい。婆っちゃの態度から判断すると、それしかないと思います」

しかし、今となってはどうすることもできない。捜査機関に話してもまともに取り合ってくれるとは思えなかったし、そもそも彼自身が行方知れずなのである。

「私、思うんですけど……」

もしかしたら石屋の婆っちゃの思念が、自分の生活の悉くを操作していたのではないだろうか、と。

駄目元で応募した会社にあっけなく採用されたり、そこであの人と知り合ったり。

偶然では片付けられないようなことが自分の身に起きたのは、ひょっとしてそのおかげではないのだろうか。

しかし、例えそうだとしても、石屋の婆っちゃに対する怨みつらみは一切ない。感謝こそすれ、含むところなどある訳がない、と彼女は言った。

ちなみに、石屋の婆っちゃは今でも橿原さんの側にいる。

今では鬼の形相は殆ど見せずに、年中優しい表情でいるとのことであった。

だが、時折険しい表情になるときがある。

「そうなんですよ……婆っちゃの男を見る目は異様に厳しくて」

ただし、婆っちゃが険しい表情をした男は、必ずと言っていい程、後に碌《ろく》でもない奴だと判明してしまうのであった。

今では、橿原さんは素敵な男性に出会うと、すぐに婆っちゃの表情に注目するそうだ。

にっこりと笑みを浮かべるような男の人はなかなか現れないけれど、そのうちきっと現れてくれるはず、と彼女は信じている。

山野夜話（抄）

第一夜

夏暑く、冬寒い。東北地方のとある山間部に、佐竹さんは今現在一人で暮らしている。真夏の灼熱地獄や真冬の深雪が当たり前のこの場所で、彼は普通ではない出来事を数多く体験している。

今年で齢九十を迎えるが、現役時代は山奥の分校で教職に就いており、最終的には校長の地位にあった人物である。

年齢の割には屈強な体格で、若い頃とほぼ変わらないと思われる体型を今でも保っている。

「まんず、煙草でも喫《の》んでけろ。順々と話してけっから、なァ」

皺だらけの面輪が一気に破顔した。それを合図に、彼の体験談が始まりを告げる。

「ンだずなァ。これには目がなくてなァ」

佐竹さんは赤ら顔をしながら、まっすぐ前に伸ばした右腕を釣り竿に見立てて、勢いよく振り上げて見せた。

「このあだりだどなァ、岩魚《いわな》よりも山女魚《やまめ》のほうが若干多く釣れっぺずなァ」

一般的な渓流では上流に岩魚、下流に山女魚といった具合に棲み分けがなされているが、この辺りは両者とも棲んでいるようであった。

「まんず、こっちのほうにも目がなくてなァ」

そう言いながら、彼は右手に持った見えない盃をクイッと呑む仕草をした。

「山女魚は塩焼きも好ぎだげど、やっぱりウルカに勝るモノはねえべなァ」

ウルカとは、塩辛のことである。魚の内臓を塩漬けにしたもので、酒の肴に滅法美味い。

「まァ、そんな訳で調達しに行ったわけだずなァ」

所々に白い部分が残っているものの、地面のあちらこちらから若芽が芽吹いている。

目の前に時折落ちてくる細雪を気にも留めず、佐竹さんは足下に流れる渓水に視線を移した。

山頂から融け落ちてくる雪代も大分収まってきたらしく、比較的穏やかな流れになっている。

そんな透明度の高い水の中を、ぬらりと揺らめく黒い影の存在を見逃さなかった。

「餌ぁ？　餌は川虫以外に使ったごどねえなァ」

川虫とはカゲロウやトビケラの幼虫のことで、ヒラタ、ピンチョロムシ、クロカワムシ等、様々な種類がある。

渓流釣りの良い点の一つとして、餌が現地調達可能なこともある。

佐竹さんはいつも通りに餌を採集するべく、川底に沈んだ拳大の石をその場でひっくり返し始めた。

川下には左手で柄を握りしめた網が待ち構えており、石の下から流れてくる川虫が即座に捕獲されるといった寸法である。

より一層効率を上げるべく時折川底を足で掻き混ぜながら、次から次へと石をひっくり返していると、左手に持った網に予想外の重みが加わった。

「そつけなごどあったわけだがら、まんず慌てだわげであってなァ」

左腕から伝わってくる小気味よい躍動感から、大山女魚か大岩魚でも入り込んだと思ったのも致し方あるまい。

彼は嬉々として網の柄を両手でしっかりと握りしめると、一気に空中へと水揚げした。

「……んだず。ものの見事にかぶだれくったずなァ」

『かぶだれくった』とは、誤って水の中に入ってしまうといった意味である。

つまり、佐竹さんは慌てふためいて、腰を抜かしてしまったのであった。

それもそのはず。青い網の目の中に入って暴れていたのは、大魚ではなかった。まるで藻のような長い髪を振り乱した、無精髭で覆われた、青年の生首であった。

その首は網から逃れようとしたのか。まるで鯉のように口をぱくぱくと開閉しながらも、生気を失った眼は空に存在する何かを睨め付けていた。

長靴の親玉のような腰まである胴付長靴を装着してはいたものの、水底に尻餅を突いてしまっては意味がない。

次々に浸水してくる雪代の混じった冷たい水を下半身に感じながらも、彼の動きは止まったままであった。

漸く我に返り、緩慢な動作で網で暴れている代物を清流に戻した。

すると生首はまるで水を得た魚のように、頭部を幾度となく揺らすと、長い黒髪を不気味に蠢かしながら、下流へ向かって流れていった。

「まァ、こつけな所だがら。ああいったごどもあっぺなァ」

妙に納得したように幾度となく頷きながら、佐竹さんは酒を取りに台所へと向かっていった。

山野夜話（抄）

第二夜

「甕蜂《かめばち》と言えば、こつけな話もあったずなァ」

佐竹さんは突然思い出したかのように席を立った。そして嬉々とした表情を浮かべながら、隣の部屋へと案内してくれた。

「な？　立派なもんだべ」

そのこぢんまりとした部屋の正面に置いてあるサイドボードの上には、一目では正体が分かり難い物体がガラスケースに収納されていた。

一見、樹木の樹皮か朽ち木を丸めて球体に仕上げたかのようにも見えるが、すぐにそれが人によっては大変恐ろしいものであることが判明する。

それは、直径四、五十センチもある、大層見栄えのするスズメバチの巣であった。

その見事なまでのボール状の形状からキイロスズメバチの巣であると思われる。

苦手な人には見るだけで苦痛を感じさせる代物であったが、とにかくその立派さには見惚れるほかなかった。

「ホントはな、もっと良い奴があったんだげっどなァ」

佐竹さんは悔しそうな表情をしながら、語り始めた。

おおよそ十年前の出来事になる。

先日から降り始めた雪が、辺りを白一色に塗り潰していた。

佐竹さんは満を持してそそくさと身支度を調えると、小さな梯子を抱えてとある場所へと向かっていった。

家を出てから三十分も経ったであろうか。

地元の人間にしか分からないような道を歩きながら小高い山の中腹辺りに、朽ち果てた鳥居が立ちはだかっていた。

佐竹さんは畏怖の念からか軽くお辞儀をした。そして鳥居を潜って進むと、そこにはこれまた廃墟と化した社がある。

その軒下に、彼のお目当てのモノがあった。

「雪でも降んねえと、おっかなくて近づけねえべなァ」

夏から秋に掛けて暴君と化すスズメバチも、冬になる前には働き蜂の寿命は尽きてしまう。女王蜂のみ冬を越すことができるが、一般的には巣の近くにある朽ちた木々の中で越冬をする。つまり、雪が降る頃にはスズメバチの巣には凶悪な住人がいないことになる。

「ここまですげえのは見たことがねえべなァ。うん、ねえべなァ」

夏頃に初めて見つけたときは小躍りしそうになるほど嬉しかったが、あのときは黄色と黒の凶暴な連中がうろうろしていた。

そして、待ちに待ったこの日を迎えることができたのである。

今まで誰にも採取されなかったことに感謝をしながら、佐竹さんは持参した梯子を社の外壁に掛けた。

管理されなくなってから長い時を経過したらしく、外壁にも所々大穴が開いている。

佐竹さんは足下に気を付けながら、一歩一歩ゆっくりと昇っていった。

目と鼻の先に、夢にまで見たあの巣が見える。

彼は大きく呼吸をすると、梯子の上でスズメバチの巣全体に目を遣った。

視線が巣の後方に移動したとき、佐竹さんは思わず声を放った。

「うわァ、嘘だべ！」

これほど素晴らしい巣はないと思っていたのに、その後ろはぱっくりと割れており、蜂の巣特有のハニカム構造が露わになっていた。

「うわァ、いだましなァ！」《もったいない》

期待していただけに、その落胆も相当であった。あの割れさえなければ、と地団駄を踏むほどに悔しかったが、悔やんでも仕方がない。

「まァ、折角だがらウチさ持って帰ろうとしたんだげっどもなァ」

佐竹さんが巣を取り外そうとして両腕を巣に添えたそのとき、巣の後方に回した彼の右手が、全く予期せぬ柔らかい何かに触れた。

咄嗟に、勢いよく右手を引っ込める。

小首を傾げながら頭を動かして巣の後方に視線を遣るが、別におかしなものは何もない。

気を取り直して、巣の後方に右手を再度回したとき、信じられないような激痛が右手の掌に走った。

佐竹さんは驚きのあまり、痛む右手をしっかりと握りしめながら、梯子から一気に飛び降りた。

そのとき、固く握りしめられた拳の間に何かが挟まっていて、蜂の巣の一部も壊れて下に落ちてきていた。

しかし、それどころではない。右の掌には激痛が続いている。

容赦なく苛み続ける右手に視線を向けるが、傷の状態を見るのが恐ろしくて、なかなか拳をほどくことができなかった。

更によく見ると、握りしめた指と指の間に、黒くて細い糸のようなものが大量に絡み付いていた。

それは人間の毛髪よりも更に細く、その先端が彼の掌に剣山の如く突き刺さっている。

顔を顰《しか》めながらその黒い塊を鷲掴みにすると、勢いを付けて一気に抜き取った。

途端、先程までの痛みは嘘のように消え失せてしまった。

掌の状態を確認しても、どうやら傷一つ付いていない。

佐竹さんは握りしめている黒い束に目を遣った。

そして、恐る恐る視線でその先を辿っていくと、蜂の巣に辿り着いた。そして辿り着いたそこには、人の顔としか表現できないものが、へばり付いていたのである。

まるで鋭利な刃物で顔面だけを削ぎ落としたかのように、ほぼ平面状の、スライスされた顔面であった。

そこには低い鼻と薄い唇がしっかりと残っており、両目があるはずの所には、大穴が開いている。

そのとき、薄い唇の口角が、ニヤリと上がった。

それをしっかりと眼に焼き付けると、佐竹さんは梯子を小脇に抱えながら、その場からゆっくりと立ち去ることにした。

決して慌てず、決して後ろを振り向かず、一定の速度で歩み続けることに専念する。

「あつけなものに会ったとぎはなァ、気揉まねで《慌てないで》徐々に帰んのが一番だべなァ」

佐竹さんは鳥居の姿が肉眼で判断できなくなる辺りまで辿り着いた途端、その場から脱兎の如く逃げ去った。

流石にあの蜂の巣は諦めるほかなかった、と佐竹さんは子供のように悔しがった。

山野夜話（抄）　第三夜

「長いことこつけな場所に住んでっとなァ、色々なものが見えてくっごとも仕方がねぇんだずなァ」

佐竹さんの右手には愛用のコップがあり、開封したばかりの冷酒がなみなみと注がれている。

本日既に四、五杯目だろうか。彼の頬は既に赤みが差しており、両の眼も心なしかどんよりとしている。

そろそろできあがってきたらしく、彼の饒舌さに勢いが付いてきた。

「こつけなものはどうだべ。あれは……もう二十年も経ったかも知んねえなァ」


佐竹さんは仕事が終わると、学校の裏にある小さな山へと向かっていた。

大分日が長くなったせいか、夕方の六時を過ぎてもまだ明るい。

だが、日暮れが間近なことに間違いなかったので、彼は歩みを早めることにした。

十分も歩くと、高い木々に囲まれた小さな沼が見えてくる。

水面の所々で〈もじり〉と呼ばれる水紋が多々見られた。

それら魚の反応には見向きもせず、佐竹さんは目印にしていた大岩の辺りまで歩み寄った。

地面には棒きれが突き刺さっており、そこにはナイロン製のテグスらしきものがしっかりと結わえてあった。

彼は慎重な手つきでテグスを掴むと、ゆっくりと手繰り寄せていく。

「んだず。ビンドウだなっす」

ビンドウは陥穽《かんせい》漁具の一種で、昨今ではペットボトルでも簡単に自作可能な漁具である。中に餌を入れて、寄ってきた魚が中に入ってしまうと、なかなか外に逃げることができなくなってしまうといった罠の一種であった。

「いい型のフナでも入っていだら良がったんだげどなァ」

満を持して引き上げた罠の中には、ウシガエルのオタマジャクシが大量に入っており、その全てが呼吸ができなくなったらしく息絶えていた。

佐竹さんはがっかりしながら、水面にオタマジャクシの死骸をぶちまけた。

「もごしぇ《かわいそう》げっども、こればっかりは仕方ねえべなァ」

そのとき、オタマジャクシとは異なる生き物が、死骸と一緒に水面に落とされた。

最初は、でっかいイモリにしか見えなかった。

ぬらりとした黒い皮膚に紅い腹は、イモリに違いない。

だが、顔だけが違っていた。それは両生類とは異なって、まさしく人間の顔が付いていたのだ。

とにかく美しい女性のような顔立ちであったが、そこから下は両生類のそれであった。

慌てた佐竹さんはその生き物を右手で掴もうと試みたが、その不気味な生物は恨めしそうな視線で彼の顔を一瞥《いちべつ》すると、勢いよく沼の中へと潜っていった。

「……っふぅぅぅぅぅ」

ここまで語ったところで、佐竹さんは大仰な嘆息を漏らした。

「こっから先はなァ……思い出したくもねえんだけどなァ」

渋る佐竹さんを何とか説得したところ、次のような話を聞き出した。


気持ちの悪いモノを見たせいで、暫くの間呆然としていた。

やがて落ち着きを取り戻すと、至る所から何者かに見られているような感覚に襲われた。

直《じき》に暗くなってしまうので、一刻も早くここから立ち去りたい。しかし、いつの間にか身体の自由が利かなくなっている。

さら、り。さら、り。さら、り。

何か軽い物体が、あちらこちらに落ちてくる音が微かに聞こえてくる。

さら、り。さら、り。さら、り。

次から次へと、何かが落ちてくる。

そのとき。

右上腕部に、鋭い痛みが走った。

辛うじて動く眼球を精一杯スライドさせて、痛む箇所に視線を移した。

綺麗な緑色に擬態しているカマキリがいた。その蟷螂《とうろう》の鎌が、彼の皮膚をしっかりと掴んでいる。

一見何の変哲もない、何処にでもいるような昆虫に違いなかった。

しかしその頭部は、触覚と複眼のある三角形の普通のカマキリのものとは異なり、そこにはまたしても人間の顔が付いていたのである。

その瞬間、身体の自由がいつの間にか戻っていることに気が付いた。

佐竹さんは慌てて右腕に乗ったカマキリの化け物を叩き落とすと、その場から逃げ出そうと試みた。

勢いよく後ろを向いて、一気に駆け出そうとした、そのとき。

彼の視線が、地面にいる異常な集団を捉えた。

それは、大量のカマキリであった。しかも皆、人間の頭が付いているではないか。少年から老人の顔まで、満遍なく人の顔がこちらを見ているが、そこには何故か女性の顔はなかった。

「何で女子《おなご》はいねぇんだべ、なんて馬鹿なこどしか考えられなくなってしまってなァ」

山野夜話（抄）

第四夜

「そういえば、大分昔にこつけな話もあったずなァ」

大分酔いも回って上機嫌になったのか、時折小唄を唄いながら、佐竹さんは若い頃の出来事を語り始めた。

佐竹さんの自宅から十数分歩いたところに、大分前から住人を失い、廃墟になっている一軒家があった。

小さな林に囲まれているせいか、日中においても何処となく近寄り難い雰囲気を醸し出している、すこぶる陰鬱な建物であった。

どのような人達がそこで生活を育んでいて、そしてどのような理由で去っていったのかまでは分からない。

ただ、その建物自体が相当に朽ち果てていたことだけは確かである。

用事があってやむなくその場を通った佐竹さんは、唐突に聞こえてきた女児の悲鳴のようなもので足を止めた。

耳を澄ましてみると、確かに悲鳴が聞こえてくるではないか。

しかも、目の前に佇んでいる例の廃墟の中から、その声が聞こえていることは間違いない。

持ち前の義心が制したのか、近寄りたくない気持ちは何処かへ吹き飛び、幼女を助けるべく廃墟へと向かって走っていった。


背の丈ほどにも節操なく育った雑草の間を縫って到達した玄関の扉は。既にぼろぼろに朽ち果てていた。

佐竹さんは用心深く辺りを見回しながら、ゆっくりと歩んでいった。

ところが建物の中に入った途端、何とも言えない違和感に圧倒されてしまった。

それもそのはず。

何故なら、荒廃した外観とは打って変わって、内部は清掃が行き届いた塵一つない状態に保たれていたのである。

高価そうな木製テーブルの上には、立派な御馳走が並べられており、味噌汁の入ったお椀や真っ白な御飯からは湯気が立っている。

それが目に入った瞬間、彼のおなかの虫が鳴り始めた。

これは、堪らん。我慢できない。

佐竹さんはふらふらとした足取りでテーブルまで近づくと、これらの誘惑に抗えなくなってしまったのか、お椀と箸を手に取った。

そのとき、である。

「だめっっっっっっ！」

物凄い大音量で、女の子の声が辺りに鳴り響いた。

佐竹さんは身体をびくっとさせると、思わず両手に取ったお椀と箸を落としてしまった。

舌打ちをしながら、慌てて足下に目を遣る。

するとそこには、既に朽ち果てて久しいお椀と箸の残骸らしき物体が転がっており、その残骸付近には夥《おびただ》しい数の甲虫達の干からびた死骸が散らばっていた。

彼は一瞬身体を震わせると、すぐに自分の置かれている状況が理解できた。

落ち着いて視線を巡らすが、辺りに広がっているのは残骸のみである。

すぐ近くには朽ち果てた天井の板らしきものが落下しており、何処からか侵入した獣達の頭蓋骨や糞の類いで足の踏み場もないような状態であった。

佐竹さんの腹は決まった。

一刻も早くその場から立ち去ることにしたのである。

半ば走るようになりながら、朽ち果てた玄関先まで辿り着く。

そして一気に玄関を飛び出そうとしたとき、右手の袖口を掴まれたような気がした。

思わず足を止めて、後ろを振り返る。

そこには、泣き腫らした瞼が紅く腫れ上がった、おかっぱ頭の女児が佇んでいた。

真っ赤な着物に真っ白な皮膚が妖しく映える、端麗な顔立ちをした子供であった。

「……たすけて」

女児の口唇が動いて、確かにそう言った。

佐竹さんは何事かを言おうとして口を動かそうと試みたが、頭の中が真っ白になってしまって、一体何を言ったら良いのか分からない。

何かを察したのか、その女児は一回だけこくりと頷くと、その場から煙のようにすうと消えてしまった。

それを見るなり、佐竹さんは全速力で駆け出した。

ただひたすら走って逃げたが、何故か彼の目からは涙が止まらなかった。

「何だべなァ、あの女子《おなご》は。もごしぇがった《かわいそうだった》けど、どうすることもできねえべなァ」

それから数年後に起きた大きな地震により、あの廃墟は跡形もなく崩れ落ちてしまったという。

山野夜話（抄）

第五夜

「まァ、こればっがりはやめられねべなァ」

佐竹さんはごくりと喉を鳴らすと、コップに注がれているほんのり山吹色をした液体に鼻を近づけた。

その馥郁《ふくいく》たる香りを暫しの間堪能すると、ゆっくりと喉へと流し込んだ。

「いんやァ、堪んねずなァ」

喜びのあまり破顔しながら、山菜の漬物を肴にして、彼は呑み始めた。

「一合半くらいまでが、一番味が良いがなァ」

手に持ったコップを見つめながら、彼は言った。

「んだずなァ、こつけなごともあったずなァ」


ある夏の晩であった。

うだるような暑さが数日続いており、陽が落ちてもあまり気温は変わらなかった。

佐竹さんは風呂上がりにも拘わらず、既に汗だくになっていた。

窓を全開にしても涼しい風は一切入ってこず、時折生暖かい風が部屋の空気を攪拌するのみであった。

こんな夜は早く呑み始めて、早々に寝るしかない。

佐竹さんは冷蔵庫から日本酒の一升瓶と茄子漬を取り出して飯台に運ぶと、比較的早いペースで一人呑み始めた。

一日に二合しか呑まないと決めてはいたが、今夜は多少増えても仕方がないだろう。

そう理由付けすると、彼はあっという間に一合を飲み干してしまった。

躊躇《ちゅうちょ》なく、次の一合をコップに注ぎ込む。

そして半分程度呑んだ辺りで、辺りの空気が急に変わったことに彼は気が付いた。

優に三十度を超すような熱帯夜だったにも拘わらず、いつの間にか真冬のような感覚に陥ったのである。

時折窓から入ってくる微風が、まるで冷蔵庫の送風口から出てくるものにしか思えない。

あまりにも寒すぎて、窓を開けて下着姿でいることすら苦痛になっていった。

次第に、吐く息も白くなっていく。

佐竹さんはこの異様な状況に少々戸惑った。

こんなに早く酔いが回ってしまうのだろうかと不審に思ったが、一方ではそう思考できるうちは大丈夫だと高を括ってもいた。

彼はコップに残っている山吹色の液体を飲み干してしまおうと、それを右手に持った。

丁度そのときであった。何処からともなく、何者かに見つめられているような、妙な感覚に捕らわれてしまったのである。

厭な予感に苛まれながらも、冷酒の入ったコップを口に近づけた。

彼の視線が、コップから目の前に移動する。

するといつの間にか、見たこともない中年女性がそこにいたのである。

しかも、ただ立っているのではない。着物姿で赤い花飾りを付けた花笠を両手に持って、一心不乱に舞っていた。

流石の佐竹さんも、今回ばかりは肝が冷えた。似つかわしくもない悲鳴を上げながら、その場から咄嗟に逃げ出すことを考えた。

だが、身体がぴくりとも動かない。

その女は佐竹さんの目をしっかりと見つめ、くしゃっとした笑みを浮かべたまま、踊りを踊り続けている。

女の持った花笠が空を描く度に、お祭りでしか見ないような赤と青の派手な配色をした着物から、衣擦れの音が聞こえてくる。

やがてその女は、懸命に踊りながら、そしてそのままゆっくりと消えていった。

その時間は小一時間にも感じられたが、実際には恐らく数十秒しか経っていないであろう、と彼は遠い記憶を思い出しながら言った。

「まんず、一合半って言えば、アレのごとばっかり思い出すんだずなァ」

あの女が消えてしまってから、気温も元通りになってしまったのであった。

あれは一体何だったのであろうかと、佐竹さんは今でも不思議に思っている。

山野夜話（抄）　第六夜

「そういえば、あの童の話をせねばなんねえべなァ」

佐竹さんの学校には、所謂ガキ大将が存在していた。

その名を、勇吉といった。

勇吉は数年前に東京からこの町に引っ越してきた、身体の大きな子であった。周囲の子達と比べると身体の大きさばかりが目立っていたが、実際は頭脳も明晰《めいせき》で、学年でもトップの成績であった。

だが、彼には他の人達には見えない何かを見ることができたというのだ。

何をしていても、たとえ授業中であったとしても、頬を紅潮させながら彼が叫んでいるところを、佐竹さんも何度か目撃していた。

一度は全校集会中に、突然明後日の方向を指さして、「ほらっ！　あそこにいるっ！」などと大声で叫び出したかと思うと、いきなり何処かへ逃げ出したこともあった。後日職員室に呼び出して何がいたのかと訊ねても、「話しても仕方がない」などと嘯《うそぶ》いて、

「まあ、随分と目立っていだがらなァ。他の童がらすっと、あんまりおもしぇぐはねぇべなァ」

しかも、それだけではなかった。どういう訳か、彼の身体中には終始生傷が絶えなかったのだ。

「傷に関してはいろんな噂があったわけだけど、今考えるとどれもこれも嘘くせぇべなァ」

勇吉は隣の町まで出向いては、中学生にまで喧嘩を売っている。そのせいで生傷が絶えない、と児童達が真しやかに囁《ささや》いていた。

頭は良いが、いきなり突拍子もない行動をするし、喧嘩っ早くて手が付けられない。職員室の間でも、勇吉に対するイメージはそのように固まっていた。

彼の担任は大学を卒業したばかりの女の先生が担当していた。

何処となくオドオドとした態度の彼女は児童達に舐められていたようで、学級の中でも身体の大きい勇吉には恐怖心すら抱いていたようであった。

「おっかながってばっかしいても、しょうがねえべなァ。子供とはきちんと向き合わねぇとなァ」

児童に対する態度に関して、佐竹さんは何度もその女教師に指導をしていたが、なかなか改善されなかった。

職員室内でも勇吉に対しては何処となく遠慮したような態度が蔓延《はびこ》っており、彼女を擁護するような意見も多かった。

あるとき、佐竹さんが校内を歩いていると、屋上のほうから大声が聞こえてきた。

誰かが怒声を発しているような、ものものしい雰囲気が感じられる。

急いで屋上に駆けつけると、数人が輪になって誰かを取り囲んでいる。

一体何事かと思って、その輪の中へ視線を動かすと、その中では派手な喧嘩が行われていた。

図体のでかい男児が、マッチ棒のように痩せ細った男児に、何度も何度も拳を振り上げている。

勇吉が気に入らない男児を殴っており、それを勇吉の取り巻きが囲んでいる。ぱっと見では、こう考えてしまうのも仕方がない。

佐竹さんは慌てて仲裁に入ったが、勇吉の激しい攻撃は止むことがない。

体罰は反対だったが、致し方ない。

佐竹さんの分厚い平手が、紅潮している勇吉の頬を張った。

甲高い音とともに我に返った勇吉は、下り階段へと向かって一直線に走っていった。

勇吉がいなくなったと同時に、周囲を取り囲んでいた連中が、一方的に殴られていた児童へと駆け寄った。

そして、佐竹さんの目の前で繰り広げられている光景を見たことで、ある疑念が彼の中に生まれたのであった。

「……囲んでる連中がな、勇吉を睨んでいたんだずなァ。皆」

一見すると集団で弱者を取り囲んで、一番喧嘩の強い勇吉が一方的に殴り倒している図にしか見えなかった。

しかし、何処か不自然に感じられたことも確かであった。

最初はその意味が分からなかったが、突然その理由にピンと来たという。

「我ながら、おがしな考えだとは思ったんだけどなァ……」

もしかしたら、いじめられているのは勇吉のほうではないのだろうか。

周りの連中の憎々しい視線とその後の態度から、それしか考えられない。

しかし、一方的に殴られている児童は一体何だったのか。

また、周りの連中が勇吉の敵であったなら、何故全員で止めるなり返り討ちにするなりしなかったのだろうか。

勇吉の担任に訊いてみると、彼女は苦虫を噛み潰したような表情で、吐き捨てるように言った。

「一人でいるのが好きなんですよ、あの子は」

この先生は長続きしねえな、などと考えながら、佐竹さんは独自に調査することにした。勇吉との関係について、佐竹さんは児童達に感づかれないように、細心の注意を払いながら聞き込みを始めたのである。

そして分かったことの一つが、勇吉に友達と言える人物が一人もいないことであった。

案の定、イジメを受けているのは勇吉のほうであった。

彼が受けているイジメの方法は、クラス全員による徹底的な無視であった。

勇吉はそれらの仕打ちに抵抗しようとして、暴れていたのだ。

自分をこのような目に遭わせている首謀者を何とかして探し出すと、その人物に対して攻撃を仕掛けたのだ。

だが、彼らが選択した行動は、更に勇吉を追い詰めるものであった。

殴り返してきたりすれば、勇吉はまだ嬉しかったかもしれない。

しかし、彼らは勇吉を徹底的に無視した。

殴られているほうも一切手を出さなかったし、周囲の者達も示し合わせたかのように一切手を出さずに、ただ睨んでいただけであった。

「あまりにも酷過ぎんべな、こりゃ。到底信じられねえべ」

教え子達のあまりの非道さに我慢がならなくなった佐竹さんは、児童を一人一人呼んで指導することにした。

だが、子供とはいえややこしくなってしまった関係は、なかなか回復しない。

佐竹さんはどっしりと構えることにして、彼らの関係を極力介入せずに見守ることにした。

数カ月経っても、勇吉はクラスで孤立していた。

しかし、変化がない訳ではなかった。

その何人かは比較的積極的に勇吉に話しかけるようになったが、今度は勇吉が頑なにそれを拒み始めたのである。

佐竹さんは、長い嘆息を漏らした。人間とは、何て面倒な生き物なのであろうか。

そんなとき、体育の時間に勇吉の全身に痣が浮き出ていることに気が付いた担任から、佐竹さんに報告が入った。

佐竹さんはその報告に疑問を持った。何故なら、あの屋上の一件以来、構内で喧嘩をしている勇吉の姿を一度たりとも見なかったからである。

とすると、噂話のように隣町まで喧嘩しに行っているのであろうか。

しかし、それだけはないと断言できる。

勇吉と二人で話したときすぐに分かった。

あの子は、そのような面倒臭いことをする児童ではない。

非常に頭の回転も速く、本来大変温和な児童であった。

実際、喧嘩をしている彼を見たのはあの屋上だけであり、それすら自分の置かれている境遇を改善しようとして採った方法に過ぎなかった。

大体、勇吉は学校が終わると一目散に帰宅していることは、確認済みであった。

とすると、後はアレしか考えられない。

想像することすら痛ましく、唾棄すべき考えであったが、最早これしかないのではないか。

ある日の放課後、彼は勇吉を呼び出して、話を訊いてみた。

「んだなっす。家の中で虐待にあってたんじゃなかんべなァ、と」

佐竹さんの問い掛けに対して、勇吉は真っ向から否定した。

だが、佐竹さんは見逃さなかった。恐らく彼の癖なのであろう。彼はどうやら、嘘を吐くとき、必ず両目が泳ぐのである。

佐竹さんは勇吉の親御さんにも話を訊いてみることにした。ある日の夕刻に勇吉宅を訪問して、彼の置かれている状況と今後を話し合ったのである。

それは勿論表向きの理由で、真の目的は虐待の有無の確認であった。

しかし、いついかなるときでも両親の前では正座をして、まるで小動物のように俯きながら小刻みに震えている勇吉を見た途端、例の唾棄すべき考えが真実であることに合点がいったのである。

彼の両親は勇吉の心配をしている可哀相な夫婦の芝居をしているが、佐竹さんの目は誤魔化せない。

両親の身体が少しでも動く度に、勇吉の全身がびくっと硬直する。

これはもう、虐待しか考えられないではないか。

「一向に埒が明がないもんで、若気の至りでつい……」

佐竹さんは勇吉の右手首を掴むと、長袖のシャツを肘まで捲り上げた。

そこにはカッターナイフのような刃物で幾度となく切りつけたような痕と、紫色に変色した円形の痕跡が疎《まば》らに点在していた。

「結局なァ、助けられながったんだずなァ」

虐待の証拠を掴んで佐竹さんは興奮していたが、事はあまりにも早く動きすぎて、それに対応することができなかった。

その翌朝、佐竹さんが出勤前の身支度をしていると、黒い有線電話がけたたましく鳴った。受話器を取った佐竹さんは、その内容を聞くなり、驚きのあまり言葉を発することができなくなってしまった。

「勇吉がなァ、沼に浮かんでいだっていう報せだったずなァ」

時代も関係したのであろうか。勇吉の死は大して調査もされずに、不慮の事故ということになっていた。

佐竹さんは虐待の話を持ち出して、警察に再調査を依頼しようと試みたが、結局意味をなさなかったのである。

「葬式には勿論出だげっども。案の定、勇吉は化げで出だみてえだったずなァ」

悲しそうな表情をしている両親の背後に、空恐ろしい表情を浮かべた勇吉の姿があったのを、佐竹さんを含む数人が目撃した。

その全身はずぶ濡れで、真っ青な顔色をしていたそうである。

「それがらすぐだったなァ。勇吉の父母がおがしくなってしまってなァ」

間もなく勇吉の両親は奇行が目立つようになっていき、親戚らしき数人とともに、何処か知らない所へと引っ越してしまったのである。

「勇吉はなァ、よっぽど口惜しがったんだべなァ」

両親を後部座席に乗せた白いセダンがこの町から出ていこうとしているとき、その屋根に目が釘付けになった町の人々は、一人や二人では済まなかった。

勿論佐竹さんを含む十数人の人々が、白いセダンの屋根にしっかりとしがみついている、勇吉の姿を目撃していたのである。

山野夜話（抄）

第七夜

「こつげな所に住んでっとなァ、自然と愉しみも決まってくるわけだずなァ」

佐竹さんはそう言いながら、青光りする愛用のカーボン製渓流竿を手に取ると、大事そうに布で磨き始めた。

自然の中で暮らしていると、趣味もそれを利用したものが主になってくる。

ある人は山に入って狩りを行い、またある人は菜園等に力を入れている。

そして佐竹さんを始め一部の人達は、川や沼で魚達と対峙するのである。

「まァ、趣味が似通っていっど、結構気が合うもんなんだげど。おらァ、奴だけは駄目だったなァ」

佐竹さんはそう言いながら何度も頷くと、仕舞われた渓流竿の柄を握って、合わせる格好をして見せた。

小国という男は五十歳代後半で、集落に住んでいる誰からも煙たがられていた。

何故なら自分の意見や行動に一貫性が一切なく、まるで風見鶏のようにころころと向きを変えていたからである。

何の仕事をしているのか、何故か羽振りだけはすこぶる良く、自宅には高級品がごろごろと転がっているとの噂もある。

飽きっぽい性格らしく、ある日突然狩りを始めると言い出しては高級品を買い揃えるが、それが一週間も続けば良いほうであった。

数日後には興味は他のものに移行してしまい、結局それらの〈買っただけで使わなかった道具類〉が家中に氾濫している、とのことらしい。

「使わないんだったら誰かに安く売るなり捨てるなりすればいいのになァ。奴はそれだけは絶対にやらながったんだ」

何故なら、それらの使われない高級品も、彼にとっては立派な使い道があったからである。

「奴はなァ、自慢ばっがりするんだずなァ。しかも、ぺらっぺらに薄い話ばっがりでなァ」

小国は自分が買って使いもしない高級品を持参して、その趣味を持っている人物の家を訪ねて歩いたのである。

わざわざ訪ねてきてくれた訳であるから、無下には追い返せない。

酒や肴、煙草まで振る舞って来訪者をもてなす訳であるが、基本的に小国は自分の自慢話しかしなかった。

家の主が話をし始めると露骨に厭な顔をして、自分の自慢話をするまでは決して帰らないような男であった。

「ごごにも何回が来たげっども、実におもしぇぐねぇ話ばっかりしてけつかる」

その被害に遭った人々は、小国が自宅を訪れると居留守を使うようになっていったのである。


ある夏の夜の晩。

仕事から帰って晩酌の準備をしていると、玄関の扉を叩く音が聞こえてきた。

いつもだったら誰が訪ねてきたのか窓の隙間から確認してから対応していたのであったが、今回ばかりは油断してしまったのか、そのまま扉を開いてしまった。

するとそこには、神妙な顔つきをした小国が、しょんぼりと佇んでいた。

一瞬しまったと思ったが、出てしまった以上は応対しなければなるまい。

そう思い直して、佐竹さんは小国を家の中へと招き入れた。

「今日はどうしたべなァ。まだ、でっけぇ岩魚でも上げたんがい？」

まるで台詞でも読み上げるかのように無表情のまま言葉を発したが、いつもとは違って小国は何も言ってこない。

ただ青白い顔をしたまま、薄ぼんやりとした表情で、空を見つめている。

「おらァ……おらァ……おらァ、謝りたくてなァ」

まるで生気を失った表情のまま、小国はぼそりと小声で呟いた。

「おらァ……おらァ……おらァ、皆と仲良くなりたがっただけだったんだァ」

涙声の混じった湿っぽい口調で、小国は頭を垂れた。

いつもとは全く異なる小国の態度に、佐竹さんはどう言葉を掛けるべきか見失ってしまった。

上手く言葉が出てこずに苦心している彼に向かって、小国は言った。

「ありがどさま《ありがとう》。ホントに、ありがどさま」

そして頭を垂れたまま、すっとその場から消え失せてしまった。

佐竹さんはきょとんとしたまま、暫くの間、呆然と立ち尽くすしかなかった。

「何となァ、小国の奴。迷惑かげた皆のとごまで現れたみたいなんだずなァ」

佐竹さんの所に現れた時間とほぼ同じ頃に、小国は自慢話をして困らせた人々の前に一斉に現れていた。

そして、謝罪したままその場で消え失せる、といったことまで同じであった。

「最初は得体が知れなぐて、おっかながったんだげど」

その理由はすぐに皆に知れ渡った。

その頃、小国は遠い街まで出かけており、そこで交通事故に遭って亡くなっていたのであった。


その不思議な出来事の数日後、小国の妻が佐竹さんの家を訪れて、高そうな釣り道具を持ってきた。

「小国の遺言なもんで、どうが、貰ってけろ、な」

話を訊くと、どうやら最近小国が彼女の夢枕に立って、言ったそうだ。

生前迷惑を掛けた皆に、お詫びとして形見分けしてほしい、と。

「ほらっ、この竿なんか奴の形見なんだずなァ」

そう言って、佐竹さんは蒼く輝く渓流竿を軽く振って見せた。

山野夜話（抄）

第八夜

「おがしなごどって言えば、太郎さに起きたごどほど、訳がわがんねえもんもねえべなァ」

食後の一服を堪能しながら、佐竹さんは語り始めた。

「鉄砲ぶちの腕前だけは、大したもんだったんだげどなァ」


佐竹さんの自宅から車で数分の山の麓《ふもと》に、小さな藁葺き屋根の平屋があった。

そこは「鉄砲撃ちの太郎」と周囲に呼ばれている男の家であった。

太郎は無類の酒好きで、朝から酒の臭いをぷんぷんさせながら、山に獲物を狩りに行っていた。

始終酔っ払っていたせいか、周囲の人達との間でトラブルばかりを起こしている、鼻つまみ者であった。

しかし、「酒好き」といった共通項があったせいなのか、佐竹さんとは懇意にしていたのである。

猟が終われば佐竹宅を訪れて、鴨《かも》や猪、熊の肉をお裾分けに持参していた。

佐竹さんは肉類も大好物だったので、彼が訪れてきたときは秘蔵の美酒をよく振る舞ったものであった。

「鴨は特にうめえんだけどなァ。どうしても取り切れながった散弾がやんだずなあァ。ガリっとしてで……」

時折鉛玉の入った肉に苦笑いしながらも、佐竹さんは周囲の評価とは違って太郎のことをいつも気に掛けていた。

もうすぐ春の山菜が芽吹こうとしている、日の出前の真っ暗なとき。

周囲に分厚く降り積もった深雪が吹きすさぶ風音すら吸収したかのような、静かな朝であった。

「佐竹さ、いつがい《いるかい》？　佐竹さ！」

突然、太郎が訪ねてきた。

ガンガンガンガン扉を叩いて、尋常な状態ではないことが一発で分かる。

まだまだ起床の時間ではなかったため、無理矢理起こされた佐竹さんは、寝惚け眼で玄関先までよたよたと歩いてきた。

「さ、佐竹さ。すまねえ。こつけな時間に。ホント、申し訳ねぇ」

蒼い顔をして息を切らせている太郎は必死で謝罪の言葉を口にしながら、半ば強引に家の中へと入ってきた。

「いやァ、寝てだわ。どうしだ、何があったんだべ」

なかなか頭がはっきりとしない中、コップ一杯の水を飲み干してから、佐竹さんは訊ねた。

太郎に視線を向けるが、明らかにいつもとは様子が違う。

「おらァ、もうダメがもしんね」

心なしか周りを気にする素振りを見せながら、太郎は殺気だった目でそう言った。

「ダメって、一体どういう意味だべ」

意味が分からずに、佐竹さんは呆けたような表情を見せる。

「おらァ、もうダメがもしんね」

佐竹さんの言葉なぞ耳に入ってこないかのように、紅潮した頬をより紅くさせながら、まるで壊れたレコードのように同じことを言い続けている。

「……しかだねべなァ、どれ。こいつでもやっつけて、最初から話してみでけろ」

佐竹さんは戸棚の奥から、秘蔵の大吟醸を取り出した。

「いやいやいや。今日はそんなつもりで来た訳じゃねぇがら……」

「まままま。まず、呑んでけろず。なァ」

珍しく遠慮する太郎を説き伏せて、二人は朝っぱらから酒を酌み交わし始めた。

他愛もない話をしながらちらりと太郎に目を遣ると、頬に赤みが差し掛かっている。

そのタイミングを見計らって、佐竹さんは訊ねた。

「んで、何がどうダメなんだべなァ」

「おらァ、熊撃ちに行ってたんだァ」

太郎は冬になって雪が深くなると、愛犬と一緒に山へ分け入っては熊を狩りに行くのを常としていた。

その日の天候は非常に悪く、山の奥へ行けば行く程、辺りには深い霧が立ちこめていった。

今日は諦めて下山しようかと思ったとき、愛犬が何かを見つけて威嚇《いかく》し始めた。

愛犬の睨む先には、一際大きな椈《ぶな》の木が聳《そび》えており、その下で結構な大きさの熊が何か獲物を貪り喰っている。

そしてその側には、一頭の小熊が分け前にあずかっていた。

太郎は愛用の散弾銃を構えると、母熊らしき真っ黒な物体に向かって、照準を合わせた。

銃自体は散弾銃であったが、中に入っている弾丸はスラッグ弾と呼ばれるモノで、一つの弾頭を発射するタイプである。

そしてその熊の心臓部へ向かって弾丸を撃ち込もうとしたとき、彼の耳元で此の世のものとは思えないような絶叫が鳴り響いた。

「きぃえええええええぃ、だか、くうぇえええええええぃ、だか、そんな声だって話だったなァ」

最早引き金を引くどころの騒ぎではない。太郎は慌てて声がした方向へ視線を遣った。その瞬間、あまりの恐怖で身体が硬直してしまった。こんなところにいるはずのないものが、彼からほんの一間程先に立っていたのである。

「……童だった。まんず、間違いねぇ。真っ裸の童が突っ立って、おがしな声を上げていだんだ……」

我が目を疑うほど、真っ白な肌の少年であった。まるで周りの全てを覆い尽くしている新雪に同化するかのように、無表情で立ち尽くしている。

「おらァ、話しかけたんだ。何回も何回も話しかけたげど、その童は何も言わねぇで、そんで……」

思わず顔を顰めてしまうほど大音量の奇声を発しながら、彼の元ににじり寄ってきたのであった。

「おらァ、一目で分かっていだんだ。ありゃァ、人じゃねえって。絶対に、ただの童じゃねぇって」

太郎は遠くの熊を狙っていた銃を、その童に向けた。しかしその子供は銃口が向けられているのにも拘わらず、相も変わらず奇声を発しながら太郎の元へ歩み寄ってくる。

恐怖心が許容範囲を超えてしまったのか、彼は思わず引き金を引いてしまった。

ターンっ、といった乾いた音を発して、太郎の撃ったスラッグ弾が少年の頭部に命中した。

と思ったのも束の間、その少年の身体に異常はなかった。真っ白い身体で無表情のまま、生気のない眼を太郎に向けている。

だが、何故か彼の足下から、断末魔の哀れな叫びが漏れ聞こえてきた。

恐る恐る目を遣ると、愛犬が血塗れで横たわっていた。

鉛玉によって破壊された腹部から臓物をさらけ出して、夥しい量の血液を垂れ流している。

周囲を覆い尽くしている深雪はその全てを残らず吸収しており、苦痛に歪む犬の口から放出されていた湯気が次第に少なくなっていき、そして消えてしまった。

太郎はその場から走り出した。鉄砲も何もかも投げ捨てて、とにかくその場所から逃げ出したのであった。

からからに乾いた口腔内に溜まっている生唾に噎せながら、何度も何度も転びつつ下山したのである。

「おらァ、おっかなくて、おっかなくて。そんで……」

そこまで話したとき、太郎がいきなり右目の辺りを押さえ付けたかと思うと、もんどり打って床に這い蹲った。

「いでぇえ！　いでぇえ！　いでぇえ！　いでぇえ！」

両足をバタバタさせながら、右目を押さえ付けたまま床を転がっている。

太郎が暴れる度に、とんでもない量の血飛沫が辺りに飛び散っていく。

その痛みが彼の限界を超えたのか、太郎はその場で仰向けになって昏倒した。

佐竹さんが駆け寄ろうとしたとき、それは起こった。

カッと見開かれた太郎の右側の眼球がもぞもぞと顫動《ぜんどう》すると、まるで中から押し出されるように浮かび上がってきた。

そして、ぽんっ、といった不気味で湿った音とともに、太郎の体液らしきものが飛び散ったのである。

「勿論、失明したんだずなァ。そんで、太郎さは……」

麓の町にある病院に暫く入院することになった。

しかし、ある晴れた日の午後にその病院を抜け出すと、そのまま行方不明になってしまった。

一体、彼が出会った少年は何者であったのだろうか。

そして、どうしてあんな目にあってしまったのか。今現在、何処でどうしているのか。

「誰も分がんねぇんだずなァ」

自分の無力さを残念がるような諦めの表情を見せながら、佐竹さんは呟いた。

山野夜話（抄）最終夜

大分酔いも回ってきたらしく、佐竹さんの顔はまるで赤鬼のように紅潮している。

「そろそろ、寝だほうがいいがもしんねぇなァ」

既に寝間着に着替えていた佐竹さんは。自分の寝室に向かおうとしていた。

ところが数歩歩んだだけで、くるりと踵《きびす》を返すと、こちらに戻ってきた。

「最後にすっぺ。最後にこの話だけはせずにはいられねぇべなァ」


佐竹さんの住んでいるこの集落には、あるとき直江という一家が引っ越してきた。

年は四十過ぎの夫婦で、五、六歳くらいの娘との三人で暮らしていた。

何を生業にして生活しているのかまでは不明であったが、相当に貧しい暮らしをしていたことだけは確かである。

その一家は、引っ越してきた当初から周りの住人達と交流することを嫌がり、そして孤立していった。

しかし、佐竹さんだけは違っていた。どんなに邪険に扱われようとも彼らのことを気に掛けて、積極的にコミュニケーションを取ろうとしていたのである。

良い魚や山菜が採れたときは必ず直江家を訪れて、せっせとお裾分けに行った。

そのときに応対してくれたのは必ずと言っていいほど娘であり、両親が顔を見せることは決してなかった。

そしてその娘も一言も発せずに、ただぺこりと頭を垂れるのみであった。

「おめ、そろそろ学校さ入っがい？」

あるとき、応対に出てきた娘に向かって、佐竹さんは言った。

やはり教育者として、この娘のことが気になっていたのであろう。

その問いに対して、幼い娘は頬を赤らめながらこくりと頷くと、まっすぐな眼で佐竹さんの目をじっと見つめた。

そしていきなりお裾分けに持ってきたババカジカの入った袋を握りしめると、家の奥へと向かって小走りに駆けていったのであった。

「ありゃァ、めんごいおぼこだったなァ」

それから佐竹さんは学校の業務に忙殺されて、なかなか直江家に足を運べなかった。

早くあの娘の眩しすぎる笑顔を見たい、とは思っていたものの、どうすることもできなかった。

そのようなとき、それは起こった。

日中から続いていたうだるような暑さが、夜になっても一向に収まらない晩のこと。

お盆の準備で忙しい佐竹さんに、ある知らせが入ってきた。

「直江さんの御両親がなァ、亡くなったっていう話だったずなァ」

山の頂上付近まで登っていた二人が、崖から転落したらしく、惨《むご》たらしい姿で谷川の淀みに流れ着いた。

こんな時期に山の頂上で何をしていたのかまでは分からなかったが、背負っていたリュックサックにはあるものが残されていた。

最初にそれを開けた駐在は、その異常性に心底怯えきってしまった。

それは、小動物の頭部であった。

栗鼠《りす》や土竜《もぐら》の頭部だけが鋭利な刃物で切り取られており、血が滴らないようにビニール袋に収納されていた。

そんなものを何のために使用するのかはさっぱり分からないが、とにかく二人が亡くなったことだけは事実である。

直江家は周囲とは交流がなく、ほぼ孤立状態であった。

しかも駐在の話によると、親族らしき人々も分からないとのことであった。

となると、周囲の人達で葬式を出してやる必要がある。

人々は皆、遺された娘の将来を案じながら、弔いの準備を始めた。

ところが、葬式の最中、喪主であるはずの娘の姿が見えなくなってしまった。

幾ら葬式中とはいえ、まだ小学校に入る前の幼い娘を無視する訳にはいかない。

佐竹さんの含めて皆、血眼になって行方不明の娘を捜し回ったのであった。

山狩りのような大規模な捜索を実施していたが、なかなか見つからない。

誰もが焦りから自分を保つことが難しくなっていき、捜索方法に関して言い争いが周囲で起き始めた、そのとき。

「あそこ！　あそこ！　あそこ！　あそこ！」

近所に住む五郎のよく通る甲高い声が、辺りに響き渡った。

誰もが皆、彼の元へと集結してくる。

五郎は真っ赤な顔をしながら、指をさして大声でがなり立てていた。

急いで駆けつけた佐竹さんも、懸命に息を整えようとしながら、五郎の指さす先へと視線を向ける。

先日まで穏やかな流れを見せていた川が、どういう訳か今日に限って急な流れの濁流に変貌を遂げている。

雨が降った訳でもないのに、川がこのような危険な状態になるはずがない。

佐竹さんは狐につままれたような面持ちになった。

「あっ！　あっ！　あっ！　あっ！」

またしても、五郎が声を荒らげる。

佐竹さんの両目に、あの娘の姿が映った。長い髪を振り乱し、川の奥へと向かって徐々に入水していく。

膝元までだった水流が、いつしか彼女の下半身全てを飲み込んでいる。

佐竹さんが彼女の元まで駆けつけようとして走り始めたとき、いきなり彼の動きが止まった。

彼の視線の先にいる娘。その娘の身体には、灰色をした異様な物体が所狭しと乗っていた。

一体一体の大きさは栗鼠程度の大きさであったが、夥しい数のそれらが先を争うかのように娘の肩首や頭の上にしがみ付いている。

彼女自身がその灰色の存在に気が付いているのかどうかまでは分からなかった。

だが、それらの表面は小刻みに脈動しており、見ただけで嫌悪感を催す存在であることは確かであった。

「あれ、何だよ！　あれ、何なんだよっっっっっ！」

その存在に気が付いたのか、誰かの悲痛な叫び声が周囲にこだまする。

「おーい！　戻ってこーい！　おーい！」

佐竹さんの必死の叫びが、今しも激流に飲み込まれようとしている娘に向かって発せられる。

他の誰の声でもない、佐竹さんの叫びが聞こえたからなのか、娘の歩みが一瞬止まった。

それを見た瞬間、彼は喜び勇んで改めて叫ぼうとした。

「よっし！　今、そっちに行ぐがらなァ、す……」

叫び終わる寸前に、彼の精神は奈落の底へと突き落とされてしまった。

娘の小さな身体が、一気に濁流の中へと消えてしまったのである。

その瞬間は、今思い出しても恐ろしいとしか言いようがない。

まるで蛾《が》の卵のように彼女の両肩と頭をびっしり埋め尽くしていた肉塊が、瞬時に形を変え、まるでそれぞれが人間の顔面に変化したかのように思えた。

「あんなおっかねもの、おらァ見たごとがねぇずなァ」

佐竹さんが記憶の糸を手繰り寄せた結果では、その灰色の顔はいずれも、まるで笑みを浮かべているように見えたという。

それから数時間を経て、娘の溺死体が下流の淀みで発見された。

その顔は、苦悶の表情を浮かべていた。

長老格の谷さんが、嗄れた声でぼそりと呟いたのを、佐竹さんは聞き逃さなかった。

「親の因果が子に報い、だずなァ」

その言葉を聞いた瞬間、佐竹さんの頭の中で、何かが弾け飛んだ。

周囲にいた若い衆が彼を押さえ付けなければ、谷さんの身はただでは済まなかったと思われる。

「今でもなァ、あの発言だけは許すことはできねぇんだずなァ」

とっくに亡くなった人のことはあまり言いたくはないが、と佐竹さんは言った。

端書きという名の駄文

本書、『「超」怖い話 隠鬼』はいかがでしたでしょうか。

皆様の貴重な時間を割いてお読みいただく訳ですから、御期待に添えるよう、心胆寒からしめる話を精一杯書いたつもりではあります。

つもりではありますが、何かと至らない部分も多々ございますので、その際は御容赦いただけますと幸甚です。


さて、隠鬼と言えば隠れん坊のことであることは言わずもがなですが、何故かこの言葉に対して、妙に惹かれてしまうのです。

人と人の関係には、幾ら良好だとしても些少の闇が隠れています。

そしてそこには、必ずと言って良いほど陰の部分、即ち鬼が隠れているものです。

生者の間柄ですらそんな案配ですから、そこにあちら側の世界に棲む者が関係してきますと、さらに強大な鬼が隠れているのではないでしょうか。

そのような訳で、日常の生活にひっそりと隠れてなかなか姿を現しませんが、些細な出来事を切っ掛けに牙を剥き始める、常闇に潜む鬼を幾つか御紹介させていただきました。

秋の夜長に、とっておきの酒でも嗜《たしな》みながら、本書をお愉しみいただけましたら幸いです。


ところで今作の重要部分を占める「山野夜話」の語り部について少々説明いたします。

佐竹氏は現在、東北地方のとある町に在住しています。齢九十を過ぎた今でも、精力的に一日一日を過ごしておられる、好々爺《こうこうや》然とした方です。

勾配の険しい山道を縦横無尽に歩き回り、ほぼ毎日のように釣りや山菜、茸採りに精を出しておられます。

一度健康の秘訣を訊ねたことがありましたが、好きな酒と煙草を愉しむこと、と言った役に立つのか立たないのかさっぱり分からないような金言を頂戴しました。

それはさておき、小学校の校長まで勤め上げた彼でありますから、地元では皆に尊敬されておられる立派な人物です。

そんな佐竹さんですが、所謂見えない我々には信じられないような様々なモノを大量に目撃しています。

狐狸妖怪の類のみならず、人と人の間に潜んでいる鬼面の者と数多く相対しているのです。

私如きがそのような方と懇意にさせていただいただけでなく、そのような空恐ろしい体験談を書くことにお許しいただいたことが、今でも信じられません。

最初は『恐怖箱 屍役所』にて彼の体験談を紹介させていただきましたが、彼の体験をそれだけに済ませておくことができるはずもなく、今回そこそこの頁数を費やさせていただきました。

勿論、今回掲載の話が全てではありません。まだまだ彼の体験談は大量にありますが、それらに関してはまた後の機会に、ということで何卒御容赦ください。

さて、今回は「釣り怪談」がほとんどないことに納得がいかない好事家の方が、もしかしたらいらっしゃるかもしれません。

無論、忘れてしまった訳では決してありません。

しっかりと蒐集し続けていますので、御安心ください。

ですが、大変申し訳ございませんが、こちらに関してもまた次の機会に、としか言いようがありません。

次の機会がございましたら、是非とも纏めて紹介したい、と考えております。

それでは、またお目にかかるときまで。
皆様に愉しんでいただけるよう、手薬煉《てぐすね》引いて待っております。

二〇一九年九月吉日

渡部正和

本書の実話怪談記事は、「超」怖い話 隠鬼のために新たに取材されたものなどを中心に構成されています。快く取材に応じていただいた方々、体験談を提供していただいた方々に感謝の意を述べるとともに、本書の作成に関わられた関係者各位の無事をお祈り申し上げます。

「超」怖い話公式ホームページ
http://www.chokowa.com/
最新情報、過去の「超」怖い話に関するデータベースなどをご用意しています。

「超」怖い体験談募集
http://www.chokowa.com/post/
あなたの体験した「超」怖い話をお知らせ下さい。

「超」怖い話 隠鬼

2019年10月5日　初版第1刷発行

著者　渡部正和
総合監修　加藤 一
カバー　橋元浩明（so what.）
発行人　後藤明信
発行所　株式会社　竹書房
〒102-0072　東京都千代田区飯田橋2-7-3
電話 03-3264-1576（代表）
電話 03-3234-6208（編集）
http://www.takeshobo.co.jp
印刷所　中央精版印刷株式会社

定価はカバーに表示しています。
落丁・乱丁本は当社までお問い合わせ下さい。

ISBN978-4-8019-2012-5 C0193